大展好書 好書大展

世界生活趣譚

林其英／著

家庭／生活
83

自序

林其英

我們都在追求美好的生活，而且生存在激變的現代社會，一切步調變得好快。

在日常生活周遭，所見所聞許多新知、趣事或構想，當您在現實生活得到印證，即已心知其意。

本書針對國際間，尤其鄰邦的東瀛，在家庭生活、社會百態、企業營運等寶貴經驗、新點子或前瞻性計劃措施等，擇為題材撰寫。

希望讀者利用空檔時刻閱讀，相信必能回味無窮。

謹向此次幫我出書的大展出版社　蔡森明先生及其領導的工作群各位朋友，表達衷心感謝。

其次感謝我的家人，已故雙親教養之恩，愛妻碧娥女士的體諒與支持，以及子女們為老爸加油喝采。

最後祝福　讀者諸公，身心健康，萬事如意。

一九九三年八月識於宜蘭羅東

目錄

第一篇　兩性之間

第二篇　衣食住行

第三篇　育樂傳真

第四篇　健康生活

第七篇　環保意識

第八篇　生活智慧

第一篇 兩性之間

地球人滿為患

世界的人口以猛烈之勢激增，各先進國的出生率稍微緩和下來，但是待開發及開發中各國仍大幅增加，世界人口的急增帶來糧食或資源的消費量增加，環境的破壞亦漸趨嚴重化，對地球上生活的人類構成莫大威脅，「宇宙船地球號」的將來人口問題，確實讓人感覺無力感，如何是好？而頭痛萬分。

地球上五十三億人中的十億人，處在經濟的貧困狀態，人口增加卻集中在最貧窮的各國，這些國家中的大部份經費都花費在保健服務及教育等，進步中國家的人口亦急增，同時造成都市人口膨脹，以首都為中心，至二〇〇〇年時，估計突破一千萬人口的大都市比比皆有。

還有貧窮國家急增的人口，化整為零，以難民潮、難民船方式偷渡流入其他都市或人口增加緩慢的已開發國家境內而造成國際問題。

人口增加與環境問題亦有密切關聯，不問已開發國家或開發中國家的人口資源、公害增加，製造為數龐大的垃圾，這應由工業先進國的前端十億人，負三分之二對地球溫暖化責任，其餘則由進步中國家裡邊十億人的貧窮人口，亂伐森林或破壞自然生態來負責，環境惡化的壓力，加上進步中國家的工業化，繼續增加產業污染。

聯合國人口基金會（UNFPA）事務局長表示：「今後十年間是決定廿一世紀的世界人類居住地，地球在此十年間有何作為？」

一九九〇年出版的「世界人口報告」指出：①開發中國家的女性一人平均生兒數，在二〇〇〇～二〇〇五年抑制為三・二人（現在三・九人）。②因此今後應計劃加強母子保健、提高女性地位及教育、普及家庭計劃等繁重工作，並呼籲先進國家強力支援開發中國家抑制人口政策。但是開發中國家為確保一般的勞動力的觀點上，要更多孩子將來參加增加生產也是事實，貧窮而出生率會高的側面亦不能否定。

另外在一項統計數字中看出世界上最貧窮的二十％的人民，祇能消費世界之財富四％，而相反最為富裕的二十％的人卻能享受世界之財富達五十八％之鉅。為拯救「宇宙船地球號」的將來，已開發國家應為開發國家，做些瑣事或救濟，而應該認真考慮教導他們，如何生產、謀生的技能，並如何改善其生活方式才是必要的。

世界總人口及增加率的推移與預測

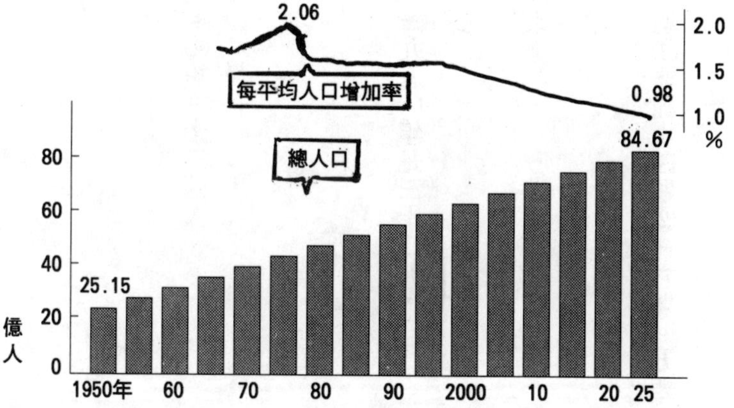

（依據聯合國推計）

世界人口問題測驗

一題：現在世界人口有幾億？

①約卅三億人。②約四十三億人。③約五十三億人。④約六十三億人。

二題：世界人口一天增加若干？

①五千人。②五萬人。③廿五萬人。④一百萬人。

三題：在人口增加最快的地域？

①亞洲。②非洲。③中南美洲。④歐洲。

四題：世界人口比率中先進國所佔比率繼續下降，一九五〇年是三十二％，二〇二五年是預估若干？

①八％。②十六％。③二十四％。④三十％。

五題：五十年後約二〇三〇年，世界人口最多的國家是？

①印度。②中國。③美國。④蘇聯。

【答案】

解答：一題③約五十三億人。二題③廿五萬人。三題②非洲。四題②一六％。五題①印度。

中國的最新人口統計

中國大陸統計局日前發表：一九九〇年七月間實施的建國以來第四次全國人口普查結果：大陸的最新人口數字是一一億三三六八萬二五〇一人，一九八二年前次普查統計是一〇億三千萬人，一九八九年底估計是一一億一千萬人。

中國的人口（一九九〇年七月一日）

大陸人口　一一億三三六八萬二五〇一人（一二・四五％）

民族別（漢族）　一〇億四二四八萬二一八七人（一〇・八％）

（少數民族）　九一二〇萬〇三一四人（三五・五二％）

性別（男）五億八四九四萬九九二二人　（女）五億四八七三萬二五七九人

都市　二億九六五一萬二一一一人

文盲、半文盲　一億八〇〇三萬〇〇六〇人

台灣　二〇二〇萬四八八〇人

香港、澳門　六一三萬〇〇〇〇人

總計　一一億六〇〇一萬七三八一人

（註）括符內是一九八二年前次普查比較增加率（％）。台灣是一九九〇年三月底，香港、澳門是一九八九年底，根據各當局發表統計數字。

日本國民生活的國際比較

日本總統府總務廳最近根據國際統計要覽，發表日人生活狀況的國際比較。日本的住宅比歐美諸國每人面積狹窄，年收與房屋價格即大幅高昂，但高齡化的進展而有比較安定的物價。住宅每人所有面積：美國六〇・九平方公尺（㎡）、英國三十五㎡、法國三〇・七㎡、日本二五・二㎡。

住宅價格對年收的倍率：日本全國五・七倍（東京圈竟高達八・七倍）、舊西德四・六倍、英國四・四倍、美國三・四倍。

住宅所有率：英國六四・一%、美國六三・五%、日本六一・三%、法國五〇・七%、舊西德四〇・一%。

高齡化（人口一千人每年出生率）：意大利九・九人、日本一〇・八人、舊西德十一・〇人同為世界低水準國家。

平均壽命：日本男七五・九歲、女八一・七歲為世界最長壽國，其次法國男七二・〇歲、女八〇・二歲、舊西德男七一・九歲、女七八・三歲。

每戶平均人數：美國、英國、法國均爲二・七人、日本三・一人、韓國四・五人、印尼四・九人。

物價一九八九年消費者物價指數（一九八〇年／一〇〇）。

日本一一九在亞洲、歐美諸國物價上昇高脈中屬物價安定國、美國一五一、英國一七二、菲律賓三二一九。安全、犯罪發生率（人口十萬人平均事件數）：日本一三三七件，在歐美諸國中比較低水準的法國五六一九件、美國五六六四件比低甚多，破案率五九・八%比歐美諸國都高。

兩性沈思

妻子不冠夫姓可以容忍佔三成，男性較有發揮能力機會佔八成，並批判「男管外，女管內」觀念的人增多，顯示最近數年女性意識有了急遽變化與抬頭。

日本總理府日前發表「有關女性民意調查」結果，此項調查是去年九月間向全國成人男女五千人為對象實施，有效回答率七五％。

結婚時夫婦應保留個別姓氏佔三十％，應冠夫姓五二％。地域的特徵是住在首都圈的女性不冠夫姓者佔五十％，而住在鄉鎮的想應冠夫姓者超過六十％。公職別不冠夫姓的女性是管理職、專門技術、事務職者為多，可知職業婦女對姓氏變更均感不便。

在日本社會中發揮能力機會是男女何方為多的問題，答「男性」八三％、「女性」僅二％、「相同」一五％，不拘男或女及任何年齡層都想「男性優位社會」仍佔優勢。

「男管外，女管內」的分業觀念，男性佔三五％、女性佔二五％，否定者男三四％、女性亦有四三％，此因為上班女性激增，家務應由男女雙方，誰有空誰就做的共同體貼作法，打被傳統的大男人主義所致。女性對結婚的意識是，想「女性的幸福在結婚」的男性一六％，女性一四％，「女性的幸福在結婚」、「結婚對精神上、經濟上均有安定感」、「組織家庭應該生育子女」等理由而結婚佔全體四六％。

相反「結婚是個人的自由」、「遇到好對象就結婚，否則不急結婚」、「如能獨立，不要勉強結婚」亦佔五二％而比結婚派為高。前次結婚派佔七四％，漸因女性的大量進出社會，隨而對「女性的幸福等於結婚」的價值觀亦明顯的急速崩潰。

說不要就不要！

第一次接吻的動機是什麼？第一次性交的動機是什麼？你會選下列那一個答案？①生理需要。②好奇心。③喜歡。④很愛他（她）。⑤只是順從。⑥被對方強迫。⑦好玩。

日本性教育協會最近做了「青少年性行為」的調查，結果發現：初次性交的動機，最普遍是「因為很喜歡他（她）」女生六十一%、男生五十八%。其次是「因為生理欲求」男生四十六%、女生六%，「好奇心」男生三十三%、女生一八%，「好玩」男生一五%、女生三%。

另外，女生「因為很愛他」佔三八%，但非自願「被對方強迫」也佔了十三%，為何女生不能堅拒到底呢？

女生的理由是「怕被對方厭惡」，男生（包含大學生）則理直氣壯說：「漫畫書裡明白告訴我們：女生說不要！不要，其實是『好』的意思」。

美國「反暴力男士會」主張：相戀的年輕人或夫婦，如果對方不喜歡有性行為時不要強求，否則應被認為是強姦行為，但日本或台灣的女性要到何時才能讓男人明白，當她說「不要」時是真的「不要」呢？

情人不必是老公

最近日本「大專社會學雜誌」對女大學生做了一次調查，發現她們理想的情人和老公條件南轅北轍！

對「理想異性要具備什麼特點？」的問題：前三個回答順序是①體格健壯二二・九%、②溫柔體貼十四・四%、③腦筋好十二%。「喜歡跟何種人結婚？」的問題，回答順位是①可依賴的人二八・九%、②價值觀一致的人二十一%、③重視家族、家庭的人十五・七%。

總之，日本女性已認為戀愛與結婚是兩碼事，她們要找「帥哥」談情說愛，但結婚時可就現實地認定只要「老實人」。

好男人不見了？

日本結婚情報服務公司的研究機構於一九八一年起每年提出報告至今年剛好第十年。今年調查以單身女性上班族為對象，結果發現：「最近沒有好男士？」的問題中，二十三歲至二十五歲答「正是這樣」二四・一%、「好像這樣」五七・九%、「尚無這樣的感覺」十六・四%。

為何八成以上的未婚女性覺得最近沒有好男士，原因包括：今年適婚男性比女性多出卅五萬人，再加上女性意識提高，都是男性大嘆結婚難的主因。

大陸婦女煩什麼？

——薪水、孩子、住宅樣樣難，最氣丈夫不協助

大陸遼寧省朝陽市社會經濟調查團體，最近以市內年輕主婦一百人為對象實施民意調查，其結果她們日常生活中，憂慮、煩惱大致有下列五項：

一、薪餉低：八十二％

調查對象中，服務年資較淺的一百人中有九十人，基本俸約五〇～六五元人民幣，結婚、生孩子後這些會增加開支的時期有關錢的問題亦變成特別敏感。

二十六歲的女工表示：「什麼都貴，奶粉一包五元，像樣一點的衣服一套都要三十～四十元，跟丈夫加起來的薪餉也不過一百八十元的收入，好像沒有買什麼薪餉袋就空了。」

二、住宅難：七十四％

一百人中四十六人是租賃而居，二十八人與雙親同住，租屋主婦表示：「結婚三年，搬家三次，現在的房租是三十五元，服務單位補助八元而已。」

一位女教師表示：「住宅分配依據服務年資、職位等，還有考慮男性為優先，部分資深

幹部有特權，自己有住宅，還分到孩子、孫子住宅。官舍是很難等到，民間租房住不起，很想買一般商品住宅，又貴得讓人咋舌出不了手。」

三、應酬難：六〇％

大部分的主婦為應酬禮品而傷腦筋，一位護士表示：「同事結婚要送禮，現在十元程度的禮品是送不出去！買些較體面者薪餉則要飛去一半，不送禮嘛怕被譏為小氣鬼。」

四、孩子照顧難：八十％

帶孩子是婦女共同的憂慮。有位女工表示：「工廠托兒所設備簡陋，連廁所都沒有，冬天無暖房，保母不盡職，孩子們哭鬧也不管，真是無可奈何。」

有一位女性推銷員表示：「孩子小，事情增加，因此時常遲到，有時要照顧生病的孩子就無法全勤，最近三個月均未領到全勤獎勵金。」

五、丈夫不協助：六十六％

多數主婦對丈夫不協助家務，也不幫忙照顧小孩表示不滿，有一位主婦表示：「我丈夫愈來愈懶惰，結婚當初還會幫忙炊事、洗濯，現在下班後或假日都忙打牌聊天，照顧孩子幫忙家事推得一乾二淨！」

紀念日•約會好藉口

活潑好動的年輕人喜歡交友，常以種種紀念日聚會、吃喝共樂。日本NTT做了一次調查，發現特別留意的紀念日是「自己的生日」六三%、其次是「聖誕節」四八%、「新年」一八%、「情人節」一四%。其他還有「我倆初次見面的日子」、「體驗首次接吻日」、「失戀紀念日」「考取駕照或獲得文憑日」等。

慶祝紀念日好處是什麼？「交新朋友」佔六八%、「與不常見的朋友聚一聚」五二%、「讓單調的生活有變化」四〇%。每年慶祝紀念日天數平均八•七日，女性平均九•六天，比男性平均七•七天多。另外，紀念日一年花費平均四七、〇〇〇日圓（台幣約一萬二千元）。

第一聲警報　戴假髮的女人多了

脫毛症最近有大幅增加的現象，特別是女性。假髮業者就透露，五年內，女性顧客膨脹了四、五倍。

花王公司也作了調查，發現受訪的女性中，每五個有一個「擔心掉頭髮」，特別是二十歲層的女性。

掉頭髮是很正常的事，一天平均會七、八十根，有的還會掉到一百根。除了個人體質差異，季節變化也會有影響，以初秋掉髮量最多；同時年齡愈大，頭髮愈稀疏。

若是掉得過分，像油性髮質者最重要的對策便是經常洗髮，以免皮脂分泌過剩或頭皮屑堵塞毛孔，妨礙新髮生長。

另外，節食減肥的人也很會掉頭髮，所以攝取營養時，以蛋白質為主，像肉、魚、大豆、海草、肝。而香菸、酒、咖啡少碰，並注意睡眠、排便是否正常。為了促進血液循環，每天做十分鐘的頭部按摩。

紐約學校供應保險套

為解決青少年懷孕或愛滋病的氾濫問題，紐約市教育局長已在最近召開的市教育委員會議中提請審議免費供應市內國中、高中生保險套案。初步了解全體七位委員中將有五位贊成，如果此案通過，對紐約市學生的影響不容忽視。

紐約市去年調查，全市十五至十七歲女生一千人中有過懷孕經驗者達一〇二人，比一九八〇年激增十九%，其次，患有愛滋病的青少年佔〇・六%，比全美任何區域都高。

策劃全美及世界家庭計劃調查的阿蘭機構表示：一九八八年全美十五至十九歲的男性八十%、女性七十%有性經驗，但在一九七一年時青少女僅三一・七%有性經驗。市衛生局表示：為避免孩子們懷孕或罹患愛滋病等性病，公共機構亦有必要積極參與，保險套免費供應學生是其中方法之一。

美國國內亦有其他幾個地域實施免費供應保險套，紐約市以前亦實驗過，後因教育委員會委員及學生家長反對，而於一九八六年停止，最近因愛滋病問題更加嚴重，反對者紛紛轉為贊成。

紐約市東方高中校長表示，「學校並不喜歡此案實施，但為保護學生，仍有此不得已的措施」。該校還在校內設置嬰兒托兒所，讓女生方便帶嬰兒上學。

賣春公司股票上市

美國內華達州因娛樂場、賭場林立，加以擁有賭城拉斯維加斯，因此大半的地方賣春是合法，成為尋花問柳人士的樂園而聞名遐邇。當地某投資集團為收取轄下妓女夜渡費，動腦筋而徵募同好組織一家賣春公司，並公開發行股票上市。對該州來說，這類股票上市還是頭一遭。

嫖、賭，是自古以來就有的免本生意。如今若以現代企業化方式營運，一般認為將來發展大有可為，該公司股票以一股溢價二十美元發行一一六萬五〇〇〇股，總資本二三三〇萬美元。

據該公司業務主管表示，其股票銷售情形極為順暢。而在實際營運上，公司裡的女性工作人員夏場大約有一百人，秋冬季約有其半數。女性們的價碼均由她們直接與客人議價決定，但是事後除應將交易所得五十%繳交公司外，還得付每天美金十元的房間使用費。

這家賣春公司去年一年間收入五四〇〇萬美元，純益九十萬元。該公司股票上市成為社會人士茶餘飯後閒聊主題。據圈內人士表示，該公司至少已接獲二萬五千件洽詢股票及就業條件等之信函，其中大部分皆來自美國國內女性同胞，其中讓業務人員吃驚的是，遠在國外服勤的軍人亦有洽購股票的函件。

女兵入營長官怕怕

女生也當兵，最近又多了一個國家——義大利，理由是出生率太低，壯丁太少，女性只好往上遞補。另一個附帶的漂亮說法是，女性參軍有助於國家的和平形象——這顯然意指，女性當兵是聊備一格，發揮不了大作用。

女性當兵，常被認為只是一個噱頭，因為就現有軍事設備而言，得增加女用廁所、盥洗室、化妝室，而且女性生理期、懷孕時的請假問題，都會造成軍事預算的浪費。

除外，還會有一些意外發生，是不得不先有心理準備的。像北歐國家女兵可上潛艇以外的任何軍艦，有一次航海訓練結束，八十名女兵中有五名懷孕，令長官頭痛得很。也許這麼一來，有人開玩笑說，女生當兵說不定反而有助於提高出生率呢！

女性不堪寂寞流行男人共有

「現在好男人不多」這是女人世界的呼叫聲音，九十年代衆多女性在三角關係上，對男人共有的趨勢感覺無奈。

據最近美國的一項統計：十位成人女性中有八位，一度曾與另一女性共有一位男性，換句話說：自己心愛男人，除與自己外還與其他女性保有關係，或與有妻子的男人保持不倫關係。

哈佛大學家庭精神療法專家最近出版一本『男人共有（進退兩難的選擇）』，在書中指出：這是極為普遍的事，而好似做手淫，誰也在做，而誰也不承認對自己行為感覺罪惡感。持有三角關係的女性，知道尚有一位女性也分享自己戀人的存在，而強做無視，並且自己要採取何種決定卻拖泥帶水而猶豫不決。

紐約黑人精神分析家莫淋醫師指讁：男人共有而煩惱的黑人女性亦為數極衆，黑人女性盼望，只要與一位男性對等長久持有關係，但是黑人社會中男性在數目上處在劣勢，因此知道自己戀人與另位女性持有關係時，仍強忍著或甘願維持不倫關係。

當今大多數女性會選擇，處在沒有異性的寂寞，不如與另一位女性共同擁有一位男友來得好過些，雖然如此，亦應覺悟，維持三角關係產生的感情負擔與煩惱亦相對會增多。

單身女性無權受精？

英國目前人工授精的對象在法律上尚無限制，因此去年單身女性利用者就達兩百件，不過英國國會已打算訂立法案阻止這股風潮。

據倫敦郊外的英國懷孕服務處（ＢＰＡＳ）表示：有意受孕的女性僅須繳付一次四十五英鎊（折台幣約二千元）就可進行手術，精子的提供者不透露，僅在裝精子試管上註明頭髮、眼睛、皮膚等顏色，女性可參照自己喜歡的做選擇。

英國廣播公司（ＢＢＣ）曾訪問住在英國北部利巴夫露的三十四歲女教師美亞利，她十四個月前順利生產一位女嬰。長年忙於教學工作的她，因擔心未來年齡過大懷孕不易，所以接受人工授精手術，但她也擔心將來孩子問爸爸是誰。

雖然未婚受孕女性僅佔全部的十二％，但已引起國會關心，提出人工授精將以有夫之婦為限，並對提供精子者進行登記，不過懷孕服務處反駁：「精子銀行如採取登記制度，誰還敢來提供。」這一連串的問題，將於四月間提案國會研議。

浪漫的「作愛」主義者

法國青年初婚平均年齡，男性二十七點八歲，女性二十五點七歲，並有逐年往後延的趨勢。

據法國國立統計經濟研究所最近發表的一九九〇年婚姻調查：結婚件數自一九八八年以來一直增加：一九九〇年比前一年增加百分之二點六，再婚者平均年齡男性是四十一點四歲，女性是三十八歲。

初婚者之中，二十四歲的男性或二十二歲的女性佔最少數。未婚爸爸、未婚媽媽仍舊很多，而一九九〇年結婚情侶中百分之十八是已經生有寶寶。

為金牌「打拚」

「比賽前做愛，會提高競技效果」，這是德國奧運選手的有趣證言。

以色列科學家，向五十八位男選手，和廿八位女選手為對象調查，結果是：

「性的快感，造成意慾，導引興旺鬪志力量，但限女選手有效，男選手祇是疲勞有份。」

為證明這一說，介紹一例做其根據：

漢城奧運擊劍女子團體金牌得主芬健霍沙選手表示：「賽前做愛的效果，主要是心情會鎮靜，但參加大型比賽時，不許携帶所愛異性赴會最是遺憾。」

為何女性較男性長壽？

據日本厚生省（即衛生福利部）發表，去年全國百歲以上長壽者有三、〇七八人，其中女性二、四四八人，男性六二〇人，女性以七九・五％壓倒的佔優勢。

為何女性比男性長壽？婦產科權威的飯塚理（慶應大學名譽教授）分析：女性比男性有染色體或荷爾蒙平衡的良好條件。染色體是男性ＸＹ、女性是ＸＸ，男性的Ｙ染色體比Ｘ大而重約六分之一，染色體中含有遺傳因子等男性比女性少，結果抵抗力較弱。荷爾蒙平衡是女性荷爾蒙中有卵胞荷爾蒙，使血壓下降並促進骨格的新陳代謝效果。

男女出生比率是女性一〇〇對男性一〇五至一〇六，因抵抗力較差的男性在乳兒期死亡比率亦高，結果男女比率漸趨接近，一歲以下乳兒期死亡率高亦是平均壽命變短的原因，其次男性比女性在喫煙率或飲酒量過多亦是原因之一。成人後參加戰爭或出社會後感染各種疾病的機會很多，也是男性短命被考慮的原因，總而言之，抵抗力之相差決定造成男女的壽命。

據世界保健機構ＷＨＯ資訊，一九八六～一九八七年先進國平均長壽調查：日本在男女均佔世界第一，七九・一歲（男性七五・九歲、女性八二・一歲）、②瑞士男女平均七七・六歲、③冰島七七・四歲、④瑞典七七・一歲。而且先進國家三十三國平均是七三・七歲（男性七〇・一歲、女性七七・二歲），在上列統計數字可了解女性確實比男性長壽。

另外日本著名企業住友生命保險福祉事業團的長壽民意調查結果，長壽的理由：六三％表示「吃飯八分飽」，其次「多吃蔬菜」、「有規則的吃」的順序。

美國女兵為錢周旋桃太郎

藍色洋裝和白色罩衫，這樣的打扮很適合美國女招待，這個女兵客串的女侍正拿起麥克風唱出民衆熟悉的「酒是淚也是嘆氣……」日本民謠。

白天是美國冲繩嘉年納基地女兵，夜晚變成俱樂部或餐廳兼差女招待或歌女，她們跟日本男客周旋。

「美軍發的薪餉，尚不夠其在外地吃一頓豐盛大餐，兼差後經常可享受日本料理，還存了不少錢……」一名兼職的女兵嬉笑著說。女兵在俱樂部或餐廳賺外快，查到時會受到降級或遣送回國的嚴厲處分，雖如此，仍然有衆多女兵或美軍太太樂此不疲。一九九〇年九月福岡入國管理局那霸支局為取締違法外勞，尤其外國女性招待員，而做了一次大規模的調查，並洽請美軍部隊犯罪搜查部及美軍憲兵隊多人參與，夜晚在市區俱樂部、餐廳查到為數不少的女兵或軍眷，均屬基地關係者。由於基地關係者在日本國內法是取締不到的，一方面美軍犯罪搜查部在基地外並無搜查權，此次日美聯合調查成為最佳配合。

美國歸還冲繩群島給日本前，最熱鬧的霓虹街是那霸中央公園林蔭大道，大約有一五〇家美軍專用的俱樂部，現在祇存九家。某俱樂部田里經理表示：

「越南戰爭時美軍花錢很海派，收納現款的保險櫃、抽屜都滿貫後經常用裝貨的空紙箱裝鈔票，而且從前日本女性招待是美軍為對手的歡樂街，現在卻變成美國女兵或東南亞女性，以日本男性為對象，僅僅廿年就有一百八十度的大轉變，是無人會想到的。」

太太沒有自己財產

日本已婚女性，三人中一人是沒有自己名分的財產。日本外資系保險企業——日本國際人壽保險公司，以住在東京廿三區內主婦五〇〇人為對象用電話調查所得的結果（有效回答率是四一・四％）。

太太名義的財產「有」、「沒有」的問題：「有」六四・二％、「沒有」三五・八％。

太太名義有財產的持分：「總額的五成以上」三〇・一％、「總額的四成」六・八％、「三成」二一・八％、「二成」一一・三％、「一成」一三・五％、「僅有私房錢程度」一六・五％。

太太名義有財產者「有職業」六三・二％、「無職業」三六・八％，無財產者「有職業」六〇・八％、「無職業」三九・二％。

太太的年齡別平均是二十歲層總額的三五％、三十歲層四二％、四十歲層與五十歲層均為三四％，各層次無特別變化。

國際人壽公司在調查結果指出：這項調查而了解，太太名義的財產是意外的少，這是反映男性為中心的日本社會構圖。在日本通常夫妻離婚時，太太可能得到的財產是全部的一成程度，在婚姻生活維持中無自己名分的財產，如果一旦有情況發生，女性所佔是吃虧的一邊。

女性生活的多元化

在日本最近的女性喜歡留在家庭，賺錢工作由丈夫主導的傳統家庭中心型的女性僅存兩成，而多數變成參加社會活動或專心職業等多元化生活方式。

日本經濟新聞社與日經產業消費研究所，於去年七月實施的「消費者綜合全民調查——女性生活方式」有了這樣的結果，調查對象是住在首都圈四十公里內，十八歲至六十九歲，自然選出女性三千人，有效回答者是一、八六六人。

女性盼望的生活方式分五種型體，而略有均分，重視鄰居交際，但不參加社會活動的「地域參加型」佔二一%，有強烈職業自立志向，而其餘事不關心的「職業專心型」一八%，均層消極的「消極內向型」是二十%，尊重男性主外，女性主內，傳統的家庭志向的「家庭中心型」二二%，不甘關在家庭，勤為參加環保活動或社區服務活動的意願較強的「社會志向型」亦有一九%。

以年齡層或已婚未婚分析：「職業專心型」是年輕層亦未婚、尚未生孩子的女性為多，其次「家庭中心型」是不用在照顧孩子的中年女性比較多，「社會志向型」以高學歷者為多、「地域參加型」是四十歲層或時間制副業上班女性較為顯眼。

設公娼防愛滋！

菲律賓為預防愛滋病蔓延，將把賣春合法化搬上檯面，提出該項法案的衆院安東尼議員的法案要旨是：①政府應指定特定地域，准許公娼賣春行為。②公娼應定期接受愛滋病或性病檢查。衆院保健委員會拉密羅委員長表示：「無法消除賣春行為，防止愛滋感染的蔓延則是最優先要處理的步驟。」

但是佔全國人口約八成以上是天主教徒的菲律賓，實際上能否通過賣春合法化法案頗有疑問。菲律賓保健機構在處理愛滋病感染篩檢時，向民衆收取昂貴檢查費，導致檢查工作無法普及。

保健部統計至去年八月底，罹患愛滋病而死亡者七十二人，感染者二三〇人，但是衆院保健委員會，卻推計現階段有三萬五千人感染愛滋病。另值得一提的是天主教徒在做愛時，使用保險套有頗多心理抵抗感，因此可以預見今後愛滋病感染者將迅速激增。

目前賣春行為在菲律賓仍是違法，可是實際上相當為女性人口約一%的三十萬人，仍賴賣春行為來維持生計。

賣春合法化法案是認可賣春行為，而徹底掌握公娼管理，做預防愛滋病感染為著眼點，可是全國衆多婦女團體、宗教團體、人權擁護團體，必有強烈反彈，成功與否尚不明朗。

落伍國

國會議員中女性所佔百分比，日本在世界一三一國中排名一一〇位，屬女性政治參加相當「落伍國」。日本木川房枝紀念會，最近依據世界各國議會同盟（ＩＰＵ）資料集計比較後，在著名女性雜誌「婦人展望」發表。調查資料是去年六月底現在。其餘再加立陶宛、愛沙尼亞等資料、下院部分有一三一國回答。

日本在衆議院女議員所佔百分比是二•三%，一九八九年前次調查時僅有一•四%，增加有限，順位自一一二位略升為一一〇位，有稍微進步。總體而言，一三一國全體衆議院議員二八、〇一九人，其中女議員有三、〇八一人，佔有率是一一•〇%。

因選舉制度差異，女議員保障、政黨獨自或法律決定女性候補的百分比或分配制等國家亦有，卻比日本超出許多。此項比率最高是①芬蘭三八•五%，其次依序為②瑞典、③圭亞那、④挪威、⑤古巴、⑥丹麥、⑦冰島、⑧奧地利、⑨中國、⑩荷蘭。

接著東西統一的德國二〇•四%、蘇聯一五•三%、加拿大、意大利一三%前後，美國、英國、法國僅在五~六%、日本卻在先進國家中被列為最後一位。比日本女議員少的國家是埃及、外蒙、韓國、伊朗等，而布丹王國、東加王國、阿拉伯酋長國聯邦等十四國更無女議員。全體女議員比率前次調查，排行十名內的羅馬尼亞、捷克、阿爾巴尼亞等東歐諸國，因社會主義體制之崩壞影響降落一•七%。

此次調查亦有卅八國上院議員統計，全體三、〇八〇人，其中女議員二八八人佔九•四%。日本在上院參議員佔一三•五%，被列十三位，比下院好得多多。

丈夫做家事該給多少分？

比太太還疼愛孩子，善為照顧孩子，也會幫忙家事的老公，卻是耐性不夠，很快膩了，未做完工作託付太太收尾，這是現代爸爸的形象，妻子給他打的分數是「六八」分。

日本財團法人——母子衛生研究會，實施的「有關培育子女」民意調查中，趨向小家庭化的夫妻檔上班族，孤獨的育兒期中，能夠幫忙妻子的丈夫被期待著，實際上卻是表面化的「爸爸扮相」而已。

該研究會附設的全國母子保健諮詢室，諮詢中心以前來相談的夫妻為對象，做的民意調查得六百五十四組的回答：

喜歡孩子麼？六個月以內嬰兒的母親有五二％，父親六三％表示「喜歡」。十二個月以內幼兒的父親「喜歡」亦超過母親一二％。

照顧孩子而感覺快樂的父親，初產是五九％與多產三〇％，卻有明顯差距。叫孩子名字兜著玩的父親有九五％，做玩耍對手的父親亦有八四％，顯現重視跟孩子接觸的傾向。

太太做家事該給多少錢？

長年為家管勞務而忙碌的太太，如果變成有給制值多少錢？其評價是十三萬日幣（折臺幣約二萬六千元）。

這個數據是日本著名的大和房屋工業生活研究所，向該機構的顧客四三一組家庭夫妻檔，所做的「育兒除外的家庭主婦換算金錢值多少」調查而得到的結果。

丈夫給的評價平均數是十二萬九千三百三十五日圓，而太太自己評價是十二萬四千五百五十六日圓，相當接近。

太太的家務以時來計算，做晚餐最辛苦一千一百二十一日圓，其次是洗衣七百三十日圓，做早餐六百八十四日圓，購物七百五十五日圓，清掃工作七百二十七日圓。

相反丈夫的家務勞動評價是丈夫自己評價為一萬三千二十五日圓，太太評價是一萬一千二百九十日圓，僅僅為太太勞務的十分之一而已，丈夫協助家事有待加強。

丈夫也該做家事

——日本的大男人主義風光不再

日本著名保險公司之一，「日本生命保險公司」最近向一千五百三十八對夫妻檔上班族為對象，做了一項「夫妻心目中的標準丈夫」的民意調查，結果是，讓所有男人驚慌失措：

●「男性應否積極參與家事及育兒工作？」：極大部份妻子表示「應該」佔百分之八十點二，為討好太座好感的丈夫，則有百分之五十二點二贊成應該參與。

●「男性因工作關係，在家庭時間短少是可以諒解的？」：為自己辯白的丈夫佔百分之六十點九，仍主張爸爸準時回家吃晚飯與可以原諒的妻子各佔其半。

●「男主外、女主內的家庭較為理想？」：有百分之卅九點九的丈夫及百分之廿四的妻子認為如此。這樣低的數據顯示當今女權提升，眾多女性自立進出社會，與男性爭取工作表現，以往日本的傳統「大男人主義」的陋習將遁形滅跡。

君子遠庖廚？落伍啦！

「男子不入廚」，已經是落伍觀念，經常入廚房幫忙的丈夫已有九成以上。日本製造音響、廚房設備用具的號角企業，於今春向關東、關西地區，已婚男性五五〇人為對象，所做調查結果出爐。

偶而進入廚房做料理的男性有四四・九％，尚不及半數。僅僅「會做燒茶簡單工作」則有七四・五％，其次進廚房「喝茶水」者五七・六％。做料理的男性是「自己做喜歡吃的菜」最多的理由，而月平均有六・六次。料理內容是「自己釣的魚做刺身（生魚片）」或「以廚房現有素材做料理」。男性心滿意足做的料理是，①咖哩飯、②茶飯（用茶汁、醬油加酒煮成的飯）、③煎蛋等。

家庭計劃觀念普及

日內瓦的世界保健組織（ＷＨＯ），最近發表女性生育現況；過去二十年間開發中國家人民使用避孕藥及用具的夫妻，從九％增至五十％，女性每人平均生育率，亦從六・一人降至三・九人。

ＷＨＯ「人類生殖特別研究計劃」，為紀念二十周年而出版的成果報告書中提到，家庭計劃的人口抑制確有頗豐成果。但是開發中國家仍有三億夫妻，不想再生育孩子卻無法得到適當家庭計劃服務的現狀而有所指摘，並強調應提供「有安全與效果，並且受歡迎的家庭計劃服務」的必要性。

在全世界，每年實施三千六百萬至五千三百萬件的人工墮胎，這在生育年齡中的母親每一千人中有卅二至四十六件比率。墮胎中有一千五百萬至二千二百萬件，由非專業人員在秘密裡執行，因此每天有十五萬件墮胎手術中三分之一處在非安全狀態下，造成五百人死亡。

報告書中再提到性病問題，全世界中每天有一億次的性接觸，估計每年包含愛滋病感染的二億五千萬件以上的性病發生。性病感染數在過去二十五年間，一直增加並助長愛滋病蔓延，因而各國政府已提高關切並嚴加防止，並有若干國家人民在做性行為時使用保險套，以使感染數減少。

是否有喜？自己檢查！

是否有喜？可以不再麻煩婦科醫師了，在家庭裡自己動手檢查的懷孕檢查藥，最近已在日本公開發售。

原先僅供婦科醫院專用的懷孕檢查藥，最近經主管醫藥機關核准，得在電視、報紙，雜誌等媒體做廣告宣傳，並在一般藥房公開零售。

新發售懷孕檢查藥的結構是，由胎盤分泌流入尿中，排泄的荷爾蒙（ＨＣＧ）的有無檢查來判斷。

用藥盒內添附的杯子採尿，並將卡片型試藥薄片，插入尿中，經過五分鐘後就有結果，陽性（懷孕）是加號，陰性是減號，會顯現在試藥薄片裡，一次分為一組，價格二千五百日幣（折合新臺幣約六百元）。

「在婦科醫院做懷孕檢查很難為情」，過去年輕的準媽媽間洋溢的聲音將漸會消失，而替代是電視、雜誌等廣告宣傳，促成此一新藥銷售市場的擴大。

性暴力救援中心

在韓國都市區性暴力事件頻起，經衆多女性反應後將籌設「性暴力救援中心」。並由韓國性暴力諮詢所的崔永愛所長、韓國法醫學會文國鎮會長、女性新聞社李啟卿社長等為共同代表，擔任籌備委員。

「性暴力救援中心」是婦女遭受暴行等被害者的緊急處理或事後諮詢、心理治療及法律上處理等為主要工作的全天候緊急救助機構。

韓國性暴力諮詢所，於一九九一年四月成立，當時即以二十四小時做綜合救援中心為目標，卻因財勢、設施、人力上的限制，而僅進行諮商活動。

為設立中心及營運，需款約十二至十五億韓幣，現決定如先行籌募到三億韓幣基金時，即聘請常駐醫師及護士，實施被害女性的緊急醫療工作。

軍中同性戀傷腦筋？

最近美國國會審計院發表：國防部在近十年來，對軍中同性戀的男女士兵開除，隨而補充缺額人員，花用預算達五億美元之鉅。

國防部表示：「同性戀者，造成軍中規律紊亂，對服勤不適合的政策下，年間平均開除一千五百人。」

軍中同性戀正常與否，對其判斷無關，祇是徹底的對戰鬥執行能力做標準，其中服勤表現相當優秀士兵亦頗衆。

北大西洋條約機構（NATO）各國對上項政策，採取開除案例甚少，因而對國防部的措施，有異議的反彈。一般預料國防部的理論，恐在現今情勢下支持不住。

未婚媽媽

據統計未滿二十歲未婚媽媽的國家，是保加利亞最多，日本最少，調查結果是去年由聯合國發表。這項報告是由北美洲、歐洲、日本的未滿二十歲，青少年的性行為調查資料統計而成。

除了美國，大部份國家十幾歲女性的懷孕率與一九七〇年代比較有些降低，但是美國在十五～十九歲的女性在一千人之中就有九六人之高比率，相反降低的是日本的五・九人，荷蘭的五・五人，而歐洲各國大約都在二十人前後。

未滿二十歲的女性不予墮胎而生嬰兒的未婚媽媽佔極少數，在日本是一千人中只有四人，保加利亞最多佔七八人，在北歐與西歐都在十人至二十五人之間。

在報告中又提到，曾有性經驗的年齡者，漸向下降是世界的趨向，尤其美國、匈牙利、英國，二十歲以下的未婚女性中有三分之二，在十九歲以前就有性經驗。

日本人也過七夕

——大家想會老情人

即將來臨的七夕情人節，在年輕人腦裡是帶有羅曼蒂克的約會好日子。日本東京的巴而可店，以「不容易遇見而很想會面的人」為主題，向一千位年輕人為對象實施民意測驗，結果是：

●想要會面的人是誰？首位是很意外的「過去的情人」佔百分之二十九，而「現在的愛人」百分之二十二，僅列第二位。再依序是「同性的友人」、「出名的演員」、「父母」等。

●與最想要會面的那位真正會面的機會呢？「完全不可能」百分之二十七為首位、「一年僅一、兩次」百分之十八、「週一次」百分之十七、「很頻繁，幾乎每天」亦有百分之五。

●會面時第一句說的話？「好想念您」百分之四十三為最多，其次「您好嗎」、「很想來看您」也很多。

●七夕的約會贈送何種禮物？卻意外有百分之四十一回答「祇能會面就好，禮物倒是無所謂」，給巴而可等要打「七夕促銷戰」的百貨禮品企業，潑了一大盆冷水。

日本女性的態勢

■女性高官與民代

日本一九九一年四月舉行統一地方選舉，兵庫縣蘆屋市長選舉由北村春江女士當選，成為全國首任女性市長。

其次地方選舉而當選的女性有縣議員六四人、指定市議員六一人、一般市議員六五七人、區議員二一人、鄉鎮民代表四三二人，女權提高女性民意代表創最高記錄。

從前未曾有的女性副知事誕生在東京都與沖繩、石川兩縣，指定市的副市長亦在福岡產生。

■女性生產平均數

依據日本政府厚生省（衛生福利部）的人口動態統計，去年女性一人在生涯產子的數目（包括特殊出生率）是一・五三人。去年出生的嬰兒是一，二二一，五八五人，創最低記錄。厚生省人口問題研究所發表的「日本將來人口推計」今年一・五一人，明年一・四九人，後年、大後年一・四八人一直下降，一九九五年會略有上漲。

■性騷擾處處有

東京都新宿勞動行政事務所調查，有遭受性騷擾經驗的女性勞動者，對象均為管轄內三千人，「加害者」是上司約六十％。

其次勞動省（勞委會）以全國一二，○○○人為對象，所做調查中，「對性有不愉快經驗」只有一八・六％。

另外，女性勞動問題研究會調查，比較資深女職員二三二人，有效回答的其中六九・四％表示「曾受性騷擾」，三項結果頗有差距。

除了福岡市女性中心，對男性為對象實施的意識調查結果有：「說過討厭的話」、「以身體的事來戲弄」、「勸結婚來嘲弄」、「酒席中同座而摸觸她身體」等坦白有二六～十％，對各人自己行為表示：「看過或聽過」卻有一・七～三・八倍之多。

■大學畢業生就業男性居劣勢

文部省（教育部）學校基本調查表示：大學畢業女生的就職率八一・八％，超過男生就職率的八一・一％，顯示日本年輕女性的社會進出頗為積極。

大學及短期大學升學率：一九八九年女生已超過男生，而一九九一年是女生升學率三九・二％，男生升學率三六・三％，落後約三％，日本男生實在太沒有面子。

快發動苗條身材大作戰！

有些年輕女性安心於自己體重保持得很好，一直沒有增加，但是，其實不知不覺中體型正在變化。

林小姐，現年三十歲，原來就有不發胖的體質，並生有一男，其體重一直跟高中時代未變，雖然如此仍有意外陷阱等待著她。

有天想到很久沒有使用皮帶，隨便將從前用過的皮帶一扣，天啊！以前常扣的洞扣不上了，卻要跨多兩個洞，量一量，腰部變粗，竟達五公分之多。

林小姐自誇不發胖的體質，沒有錯，但是腰部卻粗了五公分，所受天大打擊可想而知。她為此傷心了幾個夜晚之後，參考許多資料，決定實踐「維護苗條身材作戰」。有毅力的她，按部就班作戰，七個月奏效，結果腹部贅肉消失減少尺寸，腰部恢復舊觀，因此公開作戰過程方法，供為關心腰部美的女士「用力學習」。

●作戰首項步驟

一天活力的泉源在於晨，早餐一定要吃，維他命B_1豐富的胚芽米、魚肉、蛋、蔬菜等不可缺；午餐稍簡，晚餐儘可能準時用畢。晚間九時以後絕對不吃宵夜，吃宵夜助長發胖，應列為忌諱。每餐不宜吃十足飽，比平時少吃些，所謂「八分飽」為理想。

●作戰第二步驟：

一般女性上班服飾很少使用皮帶，下班一步踏入家內，改穿便服或休閒服，又以鬆緊褲帶為多，如此打扮有解放感，卻助長腰部變粗。

為矯正以往習慣，外出上班一定使用皮帶，束腰稍緊一點，在家中除了睡覺以外仍要使用皮帶。

●作戰第三步驟：

上班族在工作場所大部份是坐著辦公，站立機會較少，因此上下班搭乘公車時儘量站立為宜。

●作戰第四步驟：

體型變化與運動不足關係密切，因此每晨在可能範圍內抽出若干時間，在庭院、陽台或客廳做健身操、柔軟運動，在辦公廳上樓時儘可能不坐電梯，改爬樓梯。

上班搭乘公車，若時間允許，應提前一兩站下車，用快步走到辦公廳，下班時仍前一兩站下車，可用慢跑方式回家，讓汗水流出，到家後並迅速沐浴，自我創造鍛鍊優美身材的機會。

《無奇不有》避孕博物館

世界唯一的避孕歷史博物館，是加拿大奧蘇製藥廠創設，自二十五年前收集標本資料，展品豐富頗具價值。

月前在新加坡舉開世界國際婦產科聯合大會時，特邀該館自加拿大運來全部標本資料，整套在新加坡會場展出。

展出內容自古代埃及人使用的鱷魚式大象糞便製成的藥丸，至最新的皮下避孕丸劑等避孕器具約四百種，附加詳細說明陳列表示。

紀元前，除用動物的糞便以外，還有人用椰子果實粉劑攪拌蜂蜜後塗上棉花，以殺精蟲為目的置於陰道，以期避孕。在沙漠長途旅程中，為防止駱駝懷孕，在母駱駝體內塞入圓型小石頭是子宮內避妊器具的原始型式。

十七世紀中葉，義大利有人用切半的檸檬外皮置於子宮口，是子宮帽的開始。到二十世紀初仍有北美洲的原住民女性，服用乾燥的海狸睪丸作為先期荷爾蒙口服避孕劑。可見古代避孕法雖然奇特，在現代醫學上評估，是否有效果尚無法確定，但是其構想被活用的實例卻是甚多。

第二篇　衣食住行

男裝女穿　帥氣優雅

歐洲一九九三年當季女裝流行趨勢，仍朝向男裝女穿，經設計師群絞盡腦汁，為女裝開拓新的境界，因此在款式上亦有相當變化，而頗受都市年輕女性上班族酷愛。

今季女裝所用素材以呢料、縐綢、薄縐呢和篙其紗等，色調則以深色為主，淺色為副，各色系西裝型長褲裝，內加襯衫或緊身衣，除顯現腰身之外，幾乎與男裝相去無幾。

配合男裝女穿的流行風潮，應有其觀念及技巧：

●現代女性不祇衣飾，另外生活方式、儀態亦應有講究。

●基本色彩的抬頭，對時髦自己亦應有能力研究，穿著色調要合身的技巧。

●有意義的佩帶珠寶或飾物，應表露超越裝飾氣味。

●經常關心新鮮與流行趨勢，不浪費的原則，做自己適合的取捨。

●所穿衣著，讓人感覺是優雅而完美的絕佳搭配。

在社會上各企業崗位上活躍的年輕女性，最愛是男裝女穿，其陽剛美讓穿者更能顯現女人味，而且有柔和的線條設計，使整體外型發揮修長優雅而魅力十足。

皮得更有女人味

今冬開襟皮衣的主題是，穿堅硬皮革，表露女人味。

在歐洲的巴黎、米蘭流行的風潮是拋開臃腫粗獷印象，強調年輕、浪漫、帥氣的女性風格。

皮衣有保暖、透氣、不透風的特性，確有其他衣料難以比擬之優點，因此選擇質感柔軟的羊皮或小牛皮，款式大方、不宜過長、簡單線條、不易退流行的樣式，再經善加保養，穿上十年八年是毫無問題。

有堅硬印象的皮衣，今冬流行的穿法是，反傳統的直接穿上身，開襟的頸子不帶短項鍊，或內穿絲絹內衣，搭配長統鞋或高跟鞋，讓妳顯得年輕、浪漫、神采奕奕。

今年春天洋裝受歡迎

在巴黎、米蘭，今春流行懷古調洋裝，其印象俏麗優雅，頗受上班或家庭的年輕女性喜愛。

洋裝最好白天或夜晚均能穿著，而且具有多用途，其款式以愈單純愈好，色澤則以中間色或基本色為理想。

素材方面則混織、羊毛、針織、棉質、軟皮等，春夏季以選柔軟質料，秋冬季則針織、混織或棉料均可。

洋裝穿起來頗為舒適，並能顯露女性魅力，成為現今女裝的中心，也是各年層女性的最愛。

珊瑚紅與蘋果綠

今年歐洲春裝的色彩以珊瑚紅與蘋果綠最受歡迎。珊瑚紅顏色柔嫩，蘋果綠則鮮艷醒目，但在色彩搭配時要特別費心留意，以免弄巧成拙，予人稚氣與俗艷之感。

在款式設計上，以無領開襟套裝，及能適度表現性感的長裙，展現帥氣的西裝褲最為風行。

春風和煦、鳥語花香，珊瑚紅、蘋果綠正是迎春好色彩。

一件式洋裝＋成套配件＝優雅嫵媚

今年歐洲流行一件式的女裝，此類女裝線條優雅，搭配整套飾品及配件。更顯女性嫵媚，頗受年輕女性歡迎。

款式獨特的洋裝，搭配帽子、項鍊、手套、鞋子，優雅出衆。水藍色洋裝，搭配重點是胸前的珍珠別針，訣竅是配件愈近臉部效果愈佳。

環保意識抬頭——人造皮草將大為流行

全球保護生態意識大為提高，並由生態學者及動物愛護協會熱烈支援下，今秋人造皮草做成的大衣、短大衣、圍巾等將大為流行。

米蘭的首席女裝設計師亞路馬尼，不久前以狐狸的聲明「亞路馬尼先生，謝謝您救我一命」的一幅醒目海報，配合推出最新設計的人造皮草大衣、短大衣等皮件立刻得到反應，接著米蘭、巴黎、倫敦、紐約等著名服裝設計師均爭先恐後的設計新作，並停止真皮草素材之進貨，而改大批精造各種人造皮草服飾，展開如火如荼的代替真皮運動。

真皮與人造皮草衣飾在價格比較是一〇比一之顯明比例，因紡織技術之研究迅速發展，真假皮草穿上去一樣舒適、美觀、高貴，因此廣獲各大城市年輕人極度歡迎。

科技先進國家的紡織廠出品的膨鬆如羽毛、顏色或斑紋讓人亂真，而通氣性、保溫性亦優為真皮毛的人造皮草縫製的服飾共通主張是年輕與活潑性，終使高級真皮毛的形象動搖失色，導及無人問津，也使不待夏天過去，今秋的人造皮草作戰已贏得先聲奪人優勢。

一二〇%活用　自己的高級時裝

與自己體材很合身的高級時裝，許多人都當做寶貝似地，收藏在衣櫃裡，一年穿不到幾回。

「物以稀為貴」，服裝設計師耗費不少時間與精力，為有限顧客縫製，仕女們以太完美為理由，愛惜而收藏傾向的心理是可以了解。

可是現在是「流行的時代」，任何時髦高級時裝，捨不得穿，收藏三、五年後變成陳年老貨，不是更浪費可惜嗎？

相反地應該做一二〇%的活用，如果參加重要喜慶、社交活動、聚會等，則多要派上用場才算正確。

現在又稱「搭配的時代」，好打扮的女性，不應該是收藏高級時裝就心滿意足，相反地，應該將好的衣飾，做一二〇%活用，以不同目的而變化穿法，來顯露妳擁有高超「穿的藝術」才華。

白天穿法（一）

假日與友好逛街購物，如穿上下套裝，較為硬調印象，換以別的裙子，偶然試以小配件，調整一下亦能保有整齊氣氛，愉快完成與友好聚會型式。

白天穿法（二）

每逢重要招待會、午餐邀請或長輩多的席上，選擇「正統派的套裝」是正確的，尤其白色套裝是好感度排行第一，而且擁有華麗的清潔感，小配件搭配珍珠，更有高貴印象。

夜間穿法

正式晚餐聚會或成人遊戲等勢必以長褲盛裝去挑戰，雖然稍有男子氣的褲裝，卻有帥氣可愛之處，而受歡迎，無疑成為女裝中的魅力焦點，但力求與上衣平衡先做核對為要。

這是我們吃的食物嗎？

消費生活監控員對一般市售食品，在健康面有所擔心者佔九七％。這是日本東京京都消費者服務中心，最近實施的「食品生活」民意調查中顯示出來的。尤其對生鮮蔬菜、水果等尚有殘留農藥而擔心者超過八成，調查結果顯示：食生活還流行著「機能性食品」。

調查對象是該中心公開甄選的消費生活監控員一千人，於今年間以書面調查，有九七％回答。一般市售食品中安全上，讓人擔心的內容及食品種類被提「殘留農藥或醫藥品」最多，首位是生鮮蔬菜、水果佔八四％，肉類五一％，生鮮魚貝類二一％。

加工食品佔有八三％的人，擔心糖果、清涼飲料「使用有礙健康的添加物」，提到「鹽分或糖分過高」亦有五成以上。三人中有一人卻擔心「生鮮魚貝類」被「放射能源污染」。進口食品仍有九五％的「擔心」，其中「殘留農藥或醫藥品、荷爾蒙劑等」佔六六％。

含有植物纖維、奧利多糖、鈣質等有溫和促進體力的「機能性食品」銷路奇佳，調查中有五九％嗜好者，今後想要服用者亦達七三％之多。但是「機能性食品」的印象，對效果還有疑問者有五成以上。

「有平衡的飲食就無需攝取機能性食品」比「僅靠飲食尚有成分不足，可輕易補充」、「對健康有幫助」高出甚多。食品添加物對人體的影響「長期食用會有影響」、「攝食各種添加物會有不良後果」是壓倒性的多數，而「以現在程度無影響」僅僅四％而已。

米食攻佔美國

——衆多美國家庭目前每週至少食用米飯一次者佔七五%之多

米食富有營養而不會肥胖，對健康甚有幫助，最近幾年吸引了衆多美國家庭，而每週至少食用一次的家庭，自十五年前的四六%，增加到目前的約七五%。

據向兩千七百戶家庭為對象的調查中顯示，有八五%的家庭買過白米，烹飪的多樣化或價格的便宜，而成為家庭被端上餐桌，當做主食頻率愈來愈多。

回答者的七五%指出：白米在美國屬「少數民族群的主食」，感覺有濃厚興趣而取食。甚至白米消費多的地區是，包括柯林頓總統出身的阿肯色州的南部地域及太平洋等各州產地。

美國的白米消費，將擴大至倍增的趨勢，卻為緩和跟日本貿易鉅額赤字，而求日本開放米糧市場，偏不湊巧遭遇日本農民堅決的閉鎖性反彈，陷入僵持狀態，看來這場白米促銷爭端，美國是不會讓步的。

日本人是最愛吃魚的民族

——最新宣傳口號是「吃魚會聰明」

「吃魚會聰明！」這是日本學術界、水產行政主管機構及業界，轟轟烈烈發起吃魚運動的宣傳口號。研究顯示，海鮮有豐富的ＤＨＡ及脂肪酸，能促進腦部發達並且預防血栓，也能影響腦部記憶學習中樞的作用。常吃魚類可防止老人癡呆症，對嬰幼兒的智能發達也有促進作用。

日本的自然環境，列島四面環海，又臨世界三大漁場之一的太平洋北部漁場，日本人自古以來，喜歡就地捕獲魚貝類、海草等水產物食用，一人一天魚類消費量是一九八公克，是美國人的九點九倍，英國人的四點八倍。

日本的水產物漁獲量是世界第一（聯合國一九八八年調查），年達一千一百八十四萬噸，生產金額達二兆七千二百二十億日圓（折臺幣約五千五百億元）。豐富的魚產除供一般生鮮食用外，還有做魚粿、魚餃、罐頭、魚干、魚粉、飼料、肥料、藥品、肥皂，等利用範圍甚廣，是生活不可缺的重要物資。

日本一般家庭的吃魚情形又如何？吃魚也有民意調查，這項民意調查由在日本各地有「烹飪教室」的財團法人「更好的家庭協會」，各地代表主婦三百人為對象實施。

吃魚：「喜歡」全體的百分之七十五點七、「不喜歡」僅僅百分之三點三。實際上外食時吃魚「常吃」與「偶爾吃」一共為百分之六十二點四。

在家做魚料理：「常做」百分之三十二，「偶爾做」百分之三十九點三。

年齡層：三十歲層「常做」百分之五十九點八，而二十歲層僅百分之十六點六，相對「幾乎不做」二十歲層是百分之二十一點八，三十歲層則僅百分之五點六。

在家不常做魚料理的，其理由（複數回答）：「做魚料理太麻煩」百分之四十七點七，「不懂料理方法」百分之四十六點五。

做魚料理使用魚貝類素材名稱：（複數回答）榜首屬「鮭魚」百分之九十二，依序是「蝦」、「墨魚」、「蛤仔」、「鯵」等佔有七成以上。

喝茶落伍了！現在東瀛正風行——吃茶

不是喝茶，是「吃茶」之風，最近在日本頗為流行，綠茶有抑制癌症或成人病功效的研究報告，被醫藥界大幅評價是起因。

祇用喝茶，無法獲得茶葉中獨特養分，而改為吃茶葉，除在一般家庭普遍採用外，學校營養午餐或團體餐廳食譜中，茶葉料理亦激增，而專用的茶葉製品亦相繼在市場登場暢銷。

媒體介紹吃茶葉有益健康，是起先於任教東京家政學院短期大學桑野和民副教授，自五年前以「茶的吃法」為主題，提出研究報告，推廣其功效，至最近半年來，屢接獲眾多有關吃茶的詢問。

桑野副教授表示：吃茶比喝茶，功效好的理由是：

①菜餚中加上茶葉的香味或色相，使食生活變得更豐富。

②用水無法溶解的葉紅素（Carotene）或維他命E、食物纖維等有效成分可以攝取。

茶葉的吃法是用攪拌機或磨粉機，把茶葉磨成粉末後，直接撒入菜餚或飯上食用，好似市售瓶裝海苔鹽或胡麻鹽，用法頗為適宜。

目前一百公克一千日圓（折臺幣約兩百元五十）的上級品，以一天六公克，分兩、三次食用，並須養成每天食用習慣。

茶葉做料理的方法，亦在進行研究，靜岡縣是茶葉的主要產地，縣茶葉工業公會及全國聯合會，亦於去年分別印發小冊子介紹，以茶葉做的海帶佃煮、茶粥等傳統茶葉料理，尤其將茶葉料理比賽獲獎食譜，以圖文並茂介紹菜餚、湯類、生菜等獨特料理法。

中小學營養午餐，是東京部分學校，將茶葉滲入白飯或菜餚裡，或做雜燴飯而頗受學生歡迎，在學校或團體餐廳吃過營養午餐的學生或員工，回家後也希望家裡做茶葉料理，因此「吃茶」風氣就因此熱門不已。

別忘了吃早餐

青少年在身體發育階段，吃早餐攝取營養是何等的重要。日本琦玉縣教育局長竹內克好日前發表明年於二月舉行的高中聯考試務人員時同時呼籲：應加強輔導國中考生培養良好生活習慣，而對考生與學校、家庭提出下列三項要求：

①每天吃早餐後上學不遲到。

②不破壞公共設施或不使用暴力。

③不抽煙。

竹內教育局長再表示：「也許這些要求是極為普通的事，但是實際上學校與家庭在基本的生活教育輔導上，應該加強而且多費神才對。」

據該縣教育局調查：去年縣內全體國中生違規案中抽煙是六、六〇六人、有傷害的暴力行為是二、八三三人。至於國中生有無吃早餐後上學？去年經輔導教師會調查結果，國中生的三成以上不吃早餐是普遍而常有的。

「生食」減肥！

一年內有毅力的吃未加熱調理之新鮮蔬果與生糙米，會使體力充沛，多餘脂肪也消失不見。

日昨在日本北海道札幌召開的日本體力醫學大會，大阪大學羽間銳雄教授提出報告：他從去年十二月起一年，只吃高麗菜、萵苣等葉菜類及蘿蔔等根莖類，還有芝麻、蘋果與糙米等，一概不加熱烹飪，糙米亦生吃，蔬果均不加調味料，祇加微量醬油。

一日的總卡路里量約為一、三五〇千卡，如此低蛋白、低脂肪的餐飲每天吃兩餐。效果的測定是隔兩個月做一次，結果四個月開始氧氣攝取量持久力增進。

三千公尺跑步時亦短縮一分九秒，留下一二分二七秒記錄；伏地挺身由四四次增加到一〇一次；體重由五一・七公斤減少到四五・一公斤；水中體重秤量法測定結果，脂肪減少，肌肉等總體重佔的部分顯著增加。

要好廚師自己辦校訓練

日本餐飲企業，為培養自己需要的人才，最近紛紛成立「企業自設學校」趨勢。在餐飲店鋪、現場調理、接待客人禮儀的研習做為訓練重點，將從前學徒制度重新調整，轉向有計畫的制度，培養擁有領導能力者成為中長期營運的中心幹部為其目標。

全國著名的「皇家餐飲機構」，今春創辦志願為廚師的新任社員，訓練一年的正式研習單位，分別在東京、札幌、福岡三地設置「皇家餐飲學院」。對衆多新進社員施以一般教養或產業理論教育，不只現場業務，亦應清楚經營策略或數字的廚師，可以說以「實業家型的廚師」為培養目標。

專業的講師群包括：一般教養、文章的寫法，必須的專業英語、法語、飲食歷史典故、卡路里或成本計算的數據訓練及專門科目的調理理論、食品學、外食產業論等。

「新井樂」機構亦於近期創立培養餐飲業領導幹部的短期大學——「私立新井樂學院」，名額暫定一學年一五〇名，並從各界聘請各種專家擔任講師，將來計畫與國外著名餐飲旅館學校連鎖，成為世界級餐飲專業學院。

「宮本餐飲經營顧問機構」，亦於今年四月間招收有志為店鋪企劃，綜合經營者而創設

「日本餐飲、服裝設計學校」，而授與每週一、四各兩小時的課程，餐飲部科目包括：餐飲實地演練至食品調製過程、系統成本管理等，聘請各大學教授或烹飪研究家為講師群，俟上軌道後再組織財團法人，申請成立正式學校。

著名的海產名店「螃蟹道樂」，亦於前年在東京設置研習所，近期竟擴大在大阪設班，將來亦計畫成立正式學校，並於去夏提前成立專業人才教育的子公司，以各餐飲企業或研習所為對象，派遣講師做一般餐飲常識或接客禮儀的授課，此一新興事業，普獲餐飲企業的熱烈歡迎。

大名鼎鼎的壽司、爐端燒連鎖機構「頑固食品服務中心」亦在公司大樓內設置的社員研習所，決定明年三月改為職業訓練的短期大學。

餐飲企業的各負責人異口同聲表示：擔當店長或地區責任者，與中小企業經營者相似，需帶相當數目的部屬，因此綜合管理能力是必須的，要有高能力的領導幹部加入陣容。從前的學徒制或科班出身式，對業界來說均無新鮮感，加上最近人手不足，殷切需求長期化計畫，確保人才培養制度、提高服務品質，讓顧客大為滿意而樹立更好形象，是餐飲企業界努力的目標。

越貴越想吃

「好又便宜」就能滿足的消費時代已經結束了，目前消費者所追求的是好的感覺以及價值感。

在這種消費心態之下，日本東京都出現了幾種價格離譜的超貴食品：

●金箔饅頭

以有益強身的高山植物薯蕷（俗稱山藥）作餡的小饅頭，三十個疊成金字塔型，從頂端撒下晶亮閃爍的金箔粉而成。這些小饅頭堆裝在金粉細工繪製的梧桐漆器內，外面還用華麗無比的仿金箔手織高級布料包袱巾包裹，造型高雅獨特，於伊勢丹百貨出售，一盒日幣十萬元（換算新台幣約二萬五千元）。

●長壽梅干

一顆顆經過嚴格篩選的青梅（如小桃之大小）被醃製成濕梅干，醃泡期長達三十八年之久，取出後仍飽滿多汁，透著鮮紅的色澤，妙的是果梗尚未脫落，一顆顆還帶著三、兩深綠葉片，吃起來也不覺得鹹味，令人垂涎不已。這種長壽梅干稱做「梅法師」，由京傳食品賣出，一粒日幣二千圓（換算新台幣約五百元）。

●太古南極冰

在南極大陸下降的雪花積凝成的冰塊，堪稱絕無雜質汙染，並比普通冰塊含較多的空氣，因此在杯裡融化時會發出「拍唧！拍唧！」的聲音，讓人一面享受酪酒的美味，一面遙想太古的浪漫……。南極冰由有樂町西武百貨銷售，小小一袋售價八百日圓（換算新台幣約二百元）。

●甘味玉露

五月上旬的一芯三葉，用手工採集下來後，再由老茶農山下壽一先生，遵照古法待發酵過後用手揉焙製而成的玉露茶葉，泡一杯要四千日圓。「宇治玉露」在三越百貨銷售，二百公克賣八萬日圓（五兩多賣新台幣二萬元）。

東京花宴・秀色大餐

擁有一千二百五十萬人口的世界最大都市「東京」，最近在餐飲消費市場裡，吹起「鮮花賞美餐」的怪異旋風。

自古就有人類為病情需要及藥理效果，而攝取花朵的事。但是純粹以色澤或香味為著眼點，用作美食，則是最近的流行風。如以薔薇花瓣絞出粉紅色花汁，製成鮮艷的果子露或冰糕，用金盞花、萬壽菊的黃金色，調製黃色麵包、西點。

新宿地區世紀大飯店卡撒利娜餐廳，於今春推出「奧狄帕斯的花宴」，十四道菜單，每日平均有一百人享用，其中最受歡迎是鮮花拉沙，餐盤盛滿當令的可食鮮花。

新宿地區高野餐廳，最近亦以「水果鮮花宴週」作為主題，廣為宣傳號召。商品企劃課的臼井道子小姐說：「一朵石竹（康乃馨）就有二十瓣花片，在尾牙和新年聚餐的桌上『秀』出來，不是很適當嗎？」

食生態研究所管原明子所長表示：「飽食時代已過，來臨的將是講究飲食藝術的時代。」今後各種餐會最後一道菜，應該是蜂蜜加在鮮艷的花朵上，會場充滿羅曼蒂克氣氛，這將何等引誘人。

日本將嚴格實施大飯店分級

日本運輸省（即交通部）日前表示：全國大飯店或旅館將實施等級制，依據住宿費、設施之情況，服務品質等事先給消費者了解的做法，如歐美的觀光先進國實施星、皇冠、花朵之顆數表示住宿設施等級的識別法，如評審順暢進行的話，將於明年全面實施。

日前日本全國有大飯店四千五百六十三家，旅館七萬八千一百二十九家，合計八萬二千六百九十二家的營業用住宿設施，但是住宿費，設施之情況，服務內容等消費情報系統狹窄，住進後才了解價值之適當性或服務品質之良否，因此情報活性化之新政策需求甚切。

依據一九四九年起步的國際觀光大飯店整頓法向政府登記為大飯店、旅館之制度實施以來時過多年以當時之國情至外國觀光客是否符合住宿施設或施設擴充，整備必要資金之支援等為重點，而忽略應掌握大飯店旅館實態卻未予詳細規定。

運輸省將於近期內派遣國際運輸觀光局專家前往歐美諸國考察搜集關連事項或資料，以供釐訂等級制度參考。

評審對象初步以①都市型大飯店與休閒型大飯店之區別、②溫泉地區旅館與都市型旅館之區別、③餐飲服務做重點的大飯店等以分類分級評定給予政府認可，那店數將擴大至目前之五倍的一萬家，並由政策審議會事先安排聽取業者意見做為參考。

現代都市地下發展

擁有一、二五〇萬人口而號稱世界第一大都市之東京，人口集中，機能集中，土地變成寸土寸金，地價破天荒高騰，因而導引建築界研究焦點對準地下開發案。一面日本政府亦大舉陣頭，加緊審議大深度地下利用法案俾以配合，各著名建築公司研究之地下都市開發構想亦接連不斷地推出，引起國內外大衆傳播注目。

現今的地下開發地下鐵、地下街、隧道等盡在地下三〇公尺附近淺度，開口部直徑亦在數十公尺規模，各建築公司將來的地下都市傾向更深、更大一〇〇公尺水準著手。

例如，著名的大成建築公司之構想是地上至地下二〇〇公尺，等於有四〇樓高之空間建築高層大樓同樣構造物，其最底樓有地底廣場，連接大深度地下鐵車站、地下各樓設置辦公室、商店街、劇場等並使用地上同樣亮度之色調會變化的照明，另外併用高級視覺設備全天候放映地上光景。

開發對象三五公頃（約十萬坪）計算，總工程費約需五、二〇〇億日圓（台幣一千三百億元），大約地上建築物造價之兩倍。大成地下空間開發室表示：「不需地面昂貴地價，確屬有效果之投資。」

其他建築公司亦同樣各懷「地下之夢」，惟對防災或地下生活的人類心理、環境影響審評價，防止亂開發等政策，尙存在多項研究課題。

日本女性願長住外國

住在歐美主要都市的日本女性，有六成仍願在外國住下去，想回日本的祇是少數。日本政府經濟企劃廳，實施的國外生活通訊員調查得到的結果了解。住在外國大都市日本婦女感覺：有廣大的住宅，物資豐富而低廉及孩子的教育沒有激烈升學考試等頗具魅力。

日本國外生活通訊員制度是住在歐美十個國家，平均滯留期間九年的日本人女性四十八人聘為通訊員，而將現地生活狀況調查反應給主管機構參考的工作，是去年九月創辦。

調查的項目中：「是否想繼續住在外國嗎」，答案是有三十人「願意繼續住下去」，另外有十三人「不想住下去」。

喜歡住在歐美的理由是：「歐美國家對外國人很少有偏見」，「以自己的步調就可以生活」、「物價低廉」、「丈夫或自己的工作無需加班或週六、週日不上班，自由時間甚多」、「沒有子女升學壓力」、「女性亦以自己的能力如何而會被社會肯定」。

除外歐美國家對外國人的接應體制亦做了調查：

「政府設置營運外國人專用的人材派用公司，以圖雇用其專長」（荷蘭）。

「為保護外國文化設置他民族文化部」（加拿大）。

「為不會講美語的外國學生，在公立學校內設置補習班教本國語文」（美國）。等等歐美各國都自動為外國人創造容易住的環境。

日本現在正流行睡在飄浮裡

付了不算便宜的門票，就可躺進無重量狀態的飄浮膠囊裡，睡個好覺。

這是日本東京都文京臣的一家運動服務中心，新近推出的「睡在飄浮裡」，為忙碌的企業界人士提供幽靜舒坦，而且能夠鬆弛快眠的環境。

膠囊好似大型西式浴槽，裝置比水的比重大的液體，要睡者躺進就會飄浮，再關上膠囊捲門，就變成黑暗世界，片刻就將人誘進輕飄飄的美夢中。這種新興快眠服務行業，引起好奇的都市人，為求一試而登記者頗為熱絡。

那在太空中宇宙飛船的睡法又如何？數日或數月在無重量狀態的太空艙內睡得又怎樣？目前訓練太空人約一百位的美國德克薩斯州休斯頓「美國航空宇宙局」（NASA）翰生宇宙中心，主持太空健康部分理杳醫師表示：在一九六五、六六年雙子星號及一九六七～七二年阿波羅號飛行員，均為無法睡眠而煩惱。

自一九八一年後太空梭飛行員則每天平均睡六小時，目前仍沒有深刻的睡眠障礙。雖然如此，開始起飛或結束時還是無法成眠，而服用安眠藥，最初是興奮，結束是忙碌加上不看地球美景，以後恐怕無機會，而一直注目窗外景色所致。

太空梭飛行員湯姆表示：太空梭內寢室在駕駛室下的中央層面，居住的空間因無重量狀態，所以任何形狀睡都可以，套上眼罩躺進睡袋，頭靠床，腳朝天花板，亦無倒立感覺，睡袋要鉤在牆壁固定，才不會飄浮。

不夠也試過，身體飄起到處碰撞，而無法成眠，最初兩天，一天祇睡三小時，第三天服用藥片後睡六小時，最後一晚亦服藥。

無重量狀態有奇妙感覺，令人狂熱、興奮各有其半，開始數天無法充分睡眠，而起床後仍很想再睡並感覺精神相當疲倦，睡中亦無法成夢。

回到地面後一週睡覺飄浮感仍無法消失，寢具變換為沙發、彈璜床、地板床多種均無效。

太空梭的寢室，設有三段或四段式立體式床架，以供雙班交替服勤之便，另有充分居住空間。為機器的發動聲音，而飛行員，使用耳塞或隨身聽，邊聽音樂邊睡的大有人在。

高樓是婦孺剋星！

台灣各大都市最近紛紛蓋起十、二十幾層超高豪華住宅，在市區每坪單價就要四、五十萬元之譜，一戶房價需達兩、三千萬元之天文數字，但仍有不少暴發戶踴躍訂購，並盼早日完工遷入，其實居住在高樓大廈的年輕主婦或孩童，健康有可能受損。

在日本秋田市召開的日本衛生學會年會中，東海大學醫學部講師逢坂文夫發表：「居住高樓的孕婦施行剖腹生產或胎位不正分娩案例漸增。」的驚人報告。居住樓越高孕婦所生嬰兒體重越增加的趨勢也很明顯。而且居住樓越高，孕婦越無精打采，體重增加並因運動不足，使異常分娩增加。

此外，貧血患者，獨棟五・六％，集體住宅九・三％，其中五樓以上就佔一〇・四％，住越高貧血症狀百分比亦越高，原因尚不明。

今年十月在新潟市召開之日本小兒保健學會總會中，東京大學醫學部教授織田正胎也發表：「住在高樓住宅幼兒生活習慣較差」的報告，以衣服穿脫為例：「會」與「大概會」者，一至五樓七九％、十四樓以上四四％，「全不會」一至五樓皆無、十四樓以上佔三十％之多，其他項目亦有同樣的結果。

而且，住高樓的母親不喜歡孩子單獨在外玩耍，經常造成孩子呆坐在家成為飼料雞般無聊渡日。

織田教授表示：「在美國或瑞典，有嬰幼兒的家庭均儘量不住在高樓，高層樓不適幼兒居住已成為一般廣泛的認識。」

日本住宅都市整備公團（即國宅處）對相繼發表的研究表示極大關切，但是限制孕婦或嬰幼兒遷入高層樓實際上辦不到。逢坂與織田教授表示解決對策是：母親應以勤於帶孩子外出活動來彌補，另外，興建高樓住宅業者在設計配合上也應儘量設計讓孩子們安全而快樂在外面玩耍的庭園。在住宅周邊增設有吸引力的遊憩設施也很有必要。

房價太高女婿入贅

日本研究機構以東京都內四五四位單身男女為對象，調查購屋意識發現：希望擁有自己的家者：男性六六・五％、女性六七・四％。不過，首都圈的公寓平均超過六千萬日圓（台幣一千五百萬元），等於年收入的十多倍，因此表示無法自力購屋者男性八二％、女性九〇・七％。

回答認為購屋時需要依靠家長資金援助者：男性三九・六％、女性二六・四％。另外，有二三％的男性回答：結婚對方的家長如果以提供房地產為條件招婿也無所謂，嚴重的房地產狂飆帶來男性結婚意識的變化，實在是形勢比人強呀！

阿爾卑斯山好暢通

瑞士最近舉行國民投票，決定瑞士阿爾卑斯山，挖掘兩條巨長鐵路隧道建設案，而贊成者佔多數。總工程費一百二十億美元，工期至二〇一五年完成，兩條世紀最長隧道完成後，將被阿爾卑斯隔絕的歐洲南北的陸上交通暢通無限。

歐洲共同體（EC）各國要求的通過阿爾卑斯交通圓滑化，將由興建隧道來實現。阿爾卑斯過境交通，避免影響瑞士環境破壞為理由，現只准積載量廿八噸卡車通過。

此次投票通過巨長鐵路隧道興建案，將來卡車運貨可改由鐵路運輸，亦可避免環境破壞，而且坐收過路費等好處。

大學生之夢買輛汽車

日本大學生三人中有一人擁有自用車輛，全學年平均的汽車維護費比書籍費還要多。這是日本全國大學生聯合會去年秋天做的大學生生活實態調查結果。

這次調查是第二十七次，調查對象是三十三所大學的一萬四千名學生。由調查結果可看出，日本大學生的生活花費仍在上漲，而其中車輛支出最為突出。

百分之三十六的學生有可以自由駕駛的轎車，其中四成是個人專用；百分之十八的學生擁有機車。在「計畫購買的耐久性消費財」一題中，想買車的人有百分之七，超過準備買電視機、唱機的百分之五，而躍升為首位。

日本大學生開車需用的油費及停車費，每月平均兩萬日圓（約五千元台幣），比書籍和雜誌費多得多。

除了車子，其他的指標也充分顯示日本學生生活更加富裕，例如，自己房間裝置空氣調節器的學生有百分之三十八，在學校附近租賃套房者佔百分之六十四，擁有電磁爐者佔百分之四十三；每月生活費平均九萬四千日圓（約台幣二萬四千元）。

大學生聯合會表示，校地取得困難而大學設置在交通不便的地方，不得已需要自用車通學；或自呱呱墜地就習慣吹冷暖氣，升大學後突如其來轉變環境亦有困難，因此無法一概指責現今大學生生活浪費。

飛機搶走船運飯碗

——橫濱港為成田機場取代

經濟大國日本的門戶橫濱港，貿易額佔全國首位多年，因時代變遷科技進步，最近將被成田機場取代。

今年十月份貿易額橫濱港是八、八二八億日圓，而成田機場卻為九、一九七億日圓，今年一月以來累計橫濱港尚能保留其王座，雖在年關期間生鮮食品進口將激增，因此一九九〇年貿易總額，成田機場的成長將初次升為首位。

橫濱開港以來一三〇年間，與神戶港相攜成為日本兩大貿易港口，其貿易額自一九六七年以後均維持全國第一。

依據一九九〇年一至十月貿易額，橫濱港出口五兆六一八二億日圓，比去年同期增六・七%。

進口二兆六四四六億日圓，增一一・一%。

成田機場出口三兆八四五四億日圓，增一二・三%。

進口四兆三四八〇億日圓，增二六・六%。

全國平均出口增一〇・七%，進口增一七・四%。

潢濱港的成長率比全國進出口平均下降，而成田機場卻遙遙領先。去年與一九七九年比較，成田機場有三倍的成長，而橫濱港衹有三成成長，主要項目的汽車出口已移轉他港而萎縮比較，成田機場的航空貨物仍保持連續三年世界第一，而產生差距。

這項背景是日本產業構造轉移而造成進出口貨物的變化，例如，船運的汽車工業在美國、歐洲生產而激烈出口減少，但是體積小巧的電子部分品零件大多利用飛機運輸，除外最近海鮮、蔬菜等生鮮食品亦用飛機運輸的傾向顯著。

今後航空貨運量增加是可以預想成田機場成為進出口首位是無疑的，大宗貨物以貨櫃大型化的歐洲航線，因東京港無深水碼頭，而大量貨源漸轉至橫濱港，並俟大黑碼頭第二期工程於一九九三年完成，旋而東京灣海岸道路亦將於一九九五年竣工，其後橫濱港奪回全國貿易額首位，而重獲昔日雄風仍有可能。

機車成為越、柬、寮捷運工具

越南、柬埔寨、寮國等舊時印度支那三國成員的摩托車市場，最近好似爆炸的在急速成長中，尚無法使用汽車程度情況，相比摩托車變成「大衆之腳」而頗受歡迎，其普及已達一百萬輛之鉅。但已成摩托車市場中心的越南，卻因美國對越經濟制裁尚在執行之中，業界欲進口而無法進口的實情。

據消息人士表示：柬埔寨的金邊與越南的胡志明市，分別有摩托車販賣店七、八十間，價格是新車兩千美元，中古車自五百至一千五百美元，目前自日本或新加坡經香港轉口的中古車佔大部分，最近自泰國、馬來西亞、印尼等鄰近國家進口的新車亦很顯目。

政情安定、景氣復甦加上出國勞工匯款回國促進購買力增加，而原先禁止摩托車進口的越南，亦允許在外國的越南人或公務員以禮品或公用名義，將摩托車隨身攜帶回國。

援助就是搞亂交通

柬埔寨交通事故頻繁。由於聯合國援助該國臨時行政機構（UNTAC）的外國車增加，再加上無照駕駛橫行和不遵守交通法規等因素，弄得當地交通亂成一團。

據金邊交通警察署表示，交通事故是UNTAC在柬埔寨成立後激增，以金邊市內為例，一九九〇年至九一年間，僅發生車禍三百八十四件，一百九十四人死亡，但在UNTAC成立後的九二年三月至十月底，車禍件數即達一百七十二件，九十二人死亡，其中UNTAC本身的車禍就有二十三件，佔一成以上。

在柬埔寨請領駕駛執照，需在汽車補習班受訓兩個月，並經通訊、運輸和郵政省（部）的考試通過始得領照。參加考試時卻無需補習班結業證書，因此實際上前往補習班學習者寥寥無幾，而無照駕駛者更多。

交通警察署指責，領有駕駛執照人數，在九二年十一月底，有小汽車一萬五千九百五十人，大汽車七千兩百十七人，估計無照司機超過兩至三倍。

駕駛執照用六十元美金就可取得，一名年輕男性說，有多項管道可以運用，其中最簡單的是，將裝有資料、照片、金錢的信封，塞給核發駕照的主辦者，經過幾天就領到駕照。可見在柬埔寨，祇要有錢，什麼事都辦得通。

東京上空人擠人

日本天空最擁擠的十字路口——東京成田空港（機場），一九八九年乘降旅客接近二千萬人之多。新東京國際空港公團發表的統計，飛機起降次數一年突破十一萬次，其密度仍在繼續增加中。

空港公團表示：拜日圓升值之賜，出國旅遊景氣持續看好，今年旅客預估會超過二千萬人大關。去年一年間飛機旅客比前年增加一三%，計有一、九五四萬八千多人，國際線佔九五%，其中日人乘客比前年增加一六%，外國客增加一五%，但是經成田機場過境客二五七萬人，則比前年減少一%，主因為最近不經成田而直飛亞洲各國的歐美各國定期班機，顯著增加。

在飛機年間起降次數上，成田空港比前年增加八%的十一萬三千次，一日平均三一〇次，如逢年末、新年、暑假、黃金週等旅遊季節時，乘客更為擁擠，各航空公司亦相繼加開臨時班機疏運。現在成田空港起降一日最高為三四〇次，平均四分鐘起降一架之頻率，達到飽和狀態，再增加恐無法管制，而需安排他處空港起降。此外，成田空港去年處理航空貨運量是一三二萬噸，比前年增加十%，這些數字均是世界空港的最高紀錄。

日本空港為魚貨忙碌

日本過去的漁獲量是驚人的，時代轉變二百浬海域之來臨，而無法保持從前旁若無人之境，代替的是「可捕的魚貨」變成「要買的魚貨」，天天需要空運進口世界各地高級魚貨，來滿足日本民衆高漲的美食風氣。

世界最忙碌的空港，東京近郊成田空港，也可說是重要的航空漁港，上午六時開港同時，世界各地國際航線貨運機陸續到達，貨櫃裝的大批魚貨運抵貨物終點站，大約有二十公頃寬闊的貨運站，魚貨場就佔了一大半。

稅關或檢疫官員細心核驗手續辦妥後，移至旁邊的二次分類場，由貨主公司按市場分批發送。堆積如山的魚貨經不停地轉動的升降機或鏟車起卸處理，頻響的呼叫機聲吵雜的情況，與旅客候機廳熱鬧情況有不同天地。

卡車或冷凍車可容五十輛的停車場，整天擁擠，也有部分車輛停遠一點暫時休息，怕太早到市場而調整時間，至下午九時一天作業終了，喧譁的貨運場再回到寧靜之中。

航空進口的水產物激增，至去年突破六萬噸，例如，體面一點的宴席上要象徵吉祥的整條烤成U字形彎曲的大紅鯛或生魚片、烤饅、大蝦、螃蟹都是不可缺，因此日人仍是世上最能享受美食文化之民族。

「紳士國」蔓延「英國病」

在英國離開辦公室或出門在外，在緊急事非打電話不可時，那真正是「悲劇」的開始。頭回找到的公共電話亭，發現聽筒是被拉斷的，其次找到的電話亭則是「僅限警察與消防緊急使用」，第三次找到的電話亭不是錢道卡阻就是投幣無聲，好不容易找到了完好無缺的電話亭，卻又見大排長龍等著打電話的人們，這種情況是大多數的英國人經常嘗到如惡夢般的經驗。

據英國電氣通訊公司（簡稱ＢＴ）的監督機關調查報告，公共電話亭有百分之二十三的故障率，該公司認為降低至百分之十的目標是不可靠，而且是很難的一件事。

公共電話故障的主因歸咎於公衆加諸電話機的「暴行」。ＢＴ公司說：去年一九八七年度內有七萬九千個公共電話亭遭受五十萬次的「攻擊」，其中三分之二的情形是銅幣被竊，其餘為惡作劇，綜合起來需耗修繕維護費一千九百萬鎊（以一鎊換新臺幣四十元折算約合新臺幣七億萬元）。

英國人對公共電話的「虐待狂」是有名的，最奇妙的現象是被害頻發的地方，卻也是使用公共電話亭高頻率的貧民區或熱鬧繁華地域。ＢＴ公司對此項「英國病」的防止措施，最初是加強民衆道德教育，愛惜公物宣導，但效果不彰，最後只有舉手投降。

其次防止工作是從改進電話亭器材著手，在一九三〇年代製定的紅色公共電話亭由毫無風情的透明開放式電話亭取代，其更新工程作業亦進行了全數的一半。新推出的公共電話亭從外能透視內部，所以人們做壞事時，心理上有所顧忌，這是ＢＴ公司的著眼點也是樂觀的預測，再加上新電話箱裝設有「自動監測板」系統，與電訊局監控室電腦終端機上連線，歹徒想摸索錢箱內部時，立刻會反應，而發出訊號，因此抓了好多現行犯。

雖然有如此完善的防範措施，利用電動鑽孔機犯行的仍繼續不斷，有一位ＢＴ公司人員無可奈何說：「好像每街頭都放置了錢庫一樣，隨時供人取用！」不禁令人嘆息人們道德守法的觀念低落。

東京路邊違規停車問題嚴重

東京都內路邊違規停車，今年四月二十五日下午二時至三時約二十三萬輛，比去年同時期增加一一%。

停車位置難求成為社會問題化之中，仍找不出理想辦法予以妥善管理，而讓警視廳頭痛不已，該廳今後將加強取締並策大樓內增設停車場，或包月停車場的定時停車，予以轉變調整。

此次調查是路寬四・五公尺以上一般道路，總長一一五六〇公里路邊停車的車輛為對象而實施，路邊停車總數為二十三萬一千三百三十五輛，合法停車僅二六四七〇輛，佔一成，其餘二〇四八六五輛均屬違規停車。路邊違規停車在都市區比去年增加二・二%，而多摩地區住宅區竟增加一三・七%，在住宅區違規停車問題趨向嚴重化。

第三篇　育樂傳眞

學校週休二天，補習班撈一筆！

日本目前企業界公務機關都已實施週休兩天制，「學校每週五天制」亦開始進行實驗，文部省（即教育部）在全國幼稚園、小學、國中、高中階段中指定六十八校，自今年四月新學年度開始實驗，為期兩年。

代替週六不上課的活動是，由教師率領做社區服務，與自然界接觸的校外參觀、視聽教育、各項藝文運動的社團活動等。

但父母間擔心「會影響升學準備」或「會增多不良誘惑機會」者甚衆。其次夫妻均在上班，週六未休息的家庭甚多，如何留置孩子們在家？會不會出狀況？因而乾脆送孩子參加補習的想法亦應運而興。

目前日本社會觀念仍為「學歷第一」，在以知識為中心的升學制度未改善之前，為人父母的憂慮尚無法紓解。如果無法讓孩子們自由自在做他們喜歡的事，反而趕往補習班惡補，「每週五日制」帶給孩子們恐怕不是福音，而是災難！

韓國教育的紅包陰影！

最近「紅包」問題十分熱門，在韓國又如何呢？

韓國中小學學生家長對教育之熱心，可能超過一般人的想像。據調查，漢城的中小學校學生家長有百分之九〇以上對就學子女導師，進行過紅包攻勢。

這項調查工作，由漢城基督教青年會（ＹＭＣＡ）向五百位學生家長訪問調查。結果學生家長到學校或導師家裡訪問的次數是，每學期去二至四次者，幾乎接近全數，「完全不去」僅百分之五，其中訪問十一次以上者有百分之一。而訪問時必然帶現金紅包送給導師的，金額三萬到五萬韓幣（折台幣約一千一百元到二千元）佔百分之六十三，六萬元到九萬元韓幣者佔百分之十二，十萬韓幣者佔百分之七。

對這項紅包攻勢，有百分之九十六家長表示：「收紅包之後，導師對自己孩子的態度有了很大變化；對孩子較溫和親切，並有特別關照。」金錢萬能，漢城中小學的教師，居然也不例外。

這些關心教育的媽媽，當地稱為「女裙之風」，為熱心教育而吹起「鈔票旋風」，使得韓國的大衆傳播媒體常提出改進批評。

桃太郎的夢

日本人當父母者，盼望自己孩子成大人後的職業，首位是「公務員」，但是孩子們的夢卻要當「職業棒球選手」，而公務員是落在排行榜十名圈外。

日本著名壽險企業——第一生命人壽透過全國分支構業務員，向帶有十八歲以下孩子的保戶一萬人為對象，所做有趣民意調查。

父母的現實與安定趨向，跟孩子們的夢隔有相當差距。首先父母者盼望男孩將來的職業是：①公務員百分之一七點五，②企業上班族百分之一二點四，③醫師百分之九點三，④教師百分之七點五，⑤職業棒球選手百分之七點三。

其次男孩本身的夢是①棒球選手百分之一九點四，②警察百分之七點四，③玩具店老闆百分之六點二，④足球選手百分之五，⑤飛行員百分之四點六等為多。

再者：父母盼望女孩將來的職業：①幼稚園保姆百分之十六點二，②教師百分之十四，③護士百分之十一點四，④女性上班族百分之八的順序。

其次女孩本身的夢是當①幼稚園保姆百分之十二點六，②糖果店老闆百分之十一點五，③教師百分之八點三，④護士百分之七點九等佔上位，頗符合雙親願望。

五分之一美國兒童生活貧困

過去十年間在美國的兒童貧困率，急速成長惡化，平均五人中有一人，過著貧困生活。保護兒童權利為主張的美國保護兒童基金會，根據一九九〇年國勢調查資料，最近獨自加以分析而指出：一九八〇年代政府刪減福祉預算為主因，並呼籲總統候選人，應對兒童貧困對策，公開表達將來做法。

依據聯邦政府，所訂「貧困」基準是，三人家族年收不足九、八八五美元的家庭養育十八歲以下孩子的數目全美有一、一二〇萬人，佔全體兒童比率是百分之十七點九，而限六歲以下幼童卻佔百分之二十點一。

貧困率在此十年間，全美五十州中，三十三州大幅惡化上升，尤其密西西比、路易斯安那、阿肯色等南方各州為高。

在人種別，以白人兒童貧困率百分之十二點五，相比黑人兒童是百分之三十九點八，而患有歇斯底里恐慌症兒童則佔百分之三十二之衆。

該基金會最後指出：主要三項原因是：①景氣後退而影響一般家庭收入下降。②政府大幅刪減福祉預算，③單親家庭的激增。

超級補習班

日本大阪關西地區著名的補習班向學總研與美里久塾，兩機構將於今年十月合併，新社名為ＷＩＮ，學生數約一萬一千人，校舍數六十二年間收入將達四十億日圓（折臺幣約十億元）之龐大數字。

最近幾年因出生率降低，引起的學生數減少，亦影響補習班同業間激烈競爭，連鎖店型式補習班除外，直營補習班中ＷＩＮ算是全國最大規模。

在首都圈或關西地區由大型補習班主導盛行合併或買併風氣，尤其今年九月起，全國學校週休兩天實施後，學生補習機會將更為擴大，ＷＩＮ事業規模開拓後，組織公司，並策劃上市股票。

寶貝兒子費用知多少？

日本一般家庭孩子的花費，幾乎佔去父母薪水的百分之二十五，平均約台幣兩萬元。

日本著名的住友銀行民意調查，「我家安琪兒開支報告」，得知這樣的結論。

調查對象是東京與大阪兩地，帶有孩子的夫妻檔上班族家庭主婦六百人，家庭背景是孩子數平均二・一人，家庭月收約八萬四千元。

其中孩子的有關衣、食、醫療費支出是兩萬元。

參加各項學藝補習的孩子佔調查人數的六成，就學小學前亦有百分之五十九，最多是小學四～六年達百分之八十八之多。

學藝補習包括：①鋼琴百分之四十一、②游泳百分之三十一、③書法百分之二十七，平均天數每週二・二天，一年需費平均三萬三千元。

課業補習以國中生最多，達百分之六十七，高中生減至百分之二十八，學齡前幼兒亦有百分之九。補習或函授的家庭學習所需費用，每年平均五萬元，學齡前幼兒兩萬元，小學生五萬二千元，國中生六萬二千元，高中生六萬一千元。

調查執事人員表示：意想不到，培養孩子要花這麼多費用，因而衆多單身男女對將來感覺不安。

子女開放日

學校有家長開放日，同樣地，在日本有越來越多的行業，也認為有成立子女開放日的必要，讓子女參觀父親工作情形和環境。

今日日本許多父親，由於工作忙碌，以致和家人相處的時間很短，容易產生隔膜。因此，社會裡的員工子女開放日的目的，就是要在父親的威嚴逐漸式微的今天，讓他們的妻子兒女實地看一看父親在公司裡究竟做些甚麼，而對那個「為誰辛苦為誰忙」的父親的價值重新評估，刮目相看。

無疑地，開放日當天，許多父親緊張得無法安心工作，似乎擔心孩子是否尊重自己的職位，以及孩子眼中的自己究竟是甚麼樣子，結果事實說明，父親的這份擔心是多餘的。

孩子們首次見到自己父親的工作情形，都幾乎一致地予以「環境不錯」或者「白天的爸爸很風光」的評價，而隨同前來的太太們，也異口同聲說：「他很帥呀！」

嬰兒買賣交易熱絡

——貧窮國家的悲歌

美國自兩、三年前起，從國外購買養子的比率激增，去年一年間移民局正式發七〇八八份簽證，今年可能超過八五〇〇人。希望購買養子的，大都是不孕而煩惱的中產階級情侶。從中國或哥倫比亞、玻利維亞、羅馬尼亞等開發中國家購買嬰兒最為容易。領養嬰兒一人只須付清五千至一萬美元謝禮，就可抱回可愛的嬰兒。

嬰兒大部份是出生後六個月為最多，這些嬰兒並不是孤兒院收容的棄嬰，而由子女過多家庭中抱出來的，其背後有掮客仲介，泰國或印度亦同樣有掮客在拉線操作。而最近更擴展至韓國、菲律賓，而有「金滿國吃貧窮國」的批判。

先進國家中除美國外，仍有德國、法國、意大利、荷蘭及加拿大等熱中購買嬰兒。

教育投資幾時回收？

大學畢業女生服務至三十五歲，即能收回教育投資成本，比男生效率高。

日本著名人壽企業「朝日生命保險」，鑑為女大就學率激增而表示：教育成本是一種投資看待，將其效率性分析以廣告訴諸社會。

教育成本包括：準備大學考試費用、入學註册費、學費、生活費用等，與高中職畢業者就業就能有所得收入總計，以一九九〇年物價指數計算，每人約需一、二〇〇萬日圓（折台幣約三〇〇萬元）。

出社會服務所得，大學畢業生比高中職畢業生，所獲待遇會為高，如果以長期計算大學畢業者的收益儲蓄會多。大學畢業女生自二十二歲就職繼續勤務至三十五歲，教育成本一、二〇〇萬日圓能悉數回收完畢。

相反，大學畢業男生卻至四十一歲始能回收完畢，這樣的試算是徹底的，女性在長期間勤務的假定而言，實際上女性在中途有結婚、生育而退職者亦相當多。

不上生活課・全班抗議！

日本文部省一九九二年起將全國小學一、二年級「自然科」與「社會科」合併為「生活科」，該部已自去年春季起在全國小學中選擇五十一校為生活科實驗校，發現天真爛漫的低年級小學生以前體育課不上時全班會哇哇叫，現在生活課不上就全班生氣。

生活課的單元中有「幫忙做家事」、「分配喇叭花花苗」、「去公園玩」、「去朋友家玩」、「大家來做船」、「烤蕃薯大會」、「看廟會」等，好像都是玩耍。

在「去公園玩」單元教導時，讓孩子們實地明瞭公園的功能，遵守不亂丟垃圾、不破壞設備的公德，並因季節轉變觀察種類甚多草木花卉變化，等於上自然科。

又如「參觀火車站」單元：在車站的參觀教學可直接介紹車站的功能、車輛種類、坐交通工具注意事項、交通安全常識等。難怪孩子們的學習興趣十分高昂。

處罰的效果

學生不守校規，教師處罰他們，能收到效果嗎？日本教師組織的研究機關「國民教育研究所」，日前對這個問題發表了調查報告。

回答「有效果」的教師超過六成，學生則只有一成，差距不小。

這項調查是在千葉、廣島等五個縣，抽出一百零五所公立國中、高中的約一萬名學生，與兩千九百名老師為對象，於去年十二月底前以通信方式調查。

在教師方面，認為「有效」、「多少有用」的佔百分之六十二；認為「沒有什麼效果」的佔百分之二十四；認爲「沒有效果」的佔百分之十二。

在學生方面，認為「糾正不良行為有效果」的國中生佔百分之十一，高中生佔百分之十二；而有百分之四十七的國中學生和百分之六十九的高中學生表示「效果有限」。其次，有六到八成的學生認為「過嚴的處罰會使學生發生反抗心理」。

對於體罰，有七成教師表示「會失去學生的信賴關係」；但也有六成老師認為「體罰亦是指導方法的一種」。

日本高中生遊學風

日人國外旅遊風盛，一九八九年赴外觀光者達八四三萬人之巨，創史上高記錄，流風也吹向高中生。

文部省（即教育部）發表八八年高中生國際交流狀況調查結果：為遊學或短期進修旅行而赴國外體驗外國生活的高中生計有七二、七二四人，其中遊學參加學生五〇、七二八人（一九八六年比增加百分之七十五）、留學三個月以上學生四、二八三人（增百分之三十五），相對前來日本的外國高中生祇有七九四人。

前往國外遊學約有二〇〇所學校，目的地以韓國佔四成強，其次是中國、美國，其次留學或團體交流語言研修等短期進修旅行的目的地以美國佔六、七成。他們因參觀各國傳統與科技新知，共同學習並思考討論而獲益良多。

日本高中生退學多

日本青年在高中階段讀書耐性不夠，半途而廢的退學案件愈來愈多，讓教育界人士與學生家長憂心。日本文部省日前發表：一九八八學年度全國公私立高中生中途退學者，刷新過去記錄，多達十一萬六千餘人。尤其以「志趣變更」為理由最多，佔了三分之一。

據調查報告：該年度學生總數為五五二萬人，而中途退學者公立高中七五、七九一人，私立高中四〇、八二六人，合計一一六、六一七人，是一九七八年開始調查以來最高記錄。

但是文部省對全日制公立高中退學學生為對象，三年前所做追蹤調查，答覆是「不合高中生活者」佔百分之二十九，而志趣變更僅為百分之十四，可見學校與學生間尚有若干代溝。

半數孩子生日不快樂！

問孩子「遠足」、「運動會」、「兒童節」、「過新年」快樂嗎？回答最快樂的只佔三～五成；對「自己的生日」、「聖誕節」感覺最快樂的，也不過七成左右，尤其到小學六年級以後快樂的事漸漸消失了。

日本東京著名的福武書店教育研究所最近以首都圈的東京都、千葉、神奈川縣，小學四年級及六年級學生一、一六七人為對象，獲得了上述的調查結果。

令孩子「最快樂」的，第一位是暑假百分之八十五點六，其次為家族旅行百分之八十一點二，聖誕節百分之七十七，過新年百分之七十一點九，自己的生日百分之七十點八，兒童節百分之三十七點八，運動會百分之三十三點二，中元節百分之二十五點四。

小學五、六年級對生日、遠足等已不感覺太興奮；對「過生日增加一歲高興麼？」反應最高興的是四年級百分之三十一點五，越高年級越不快樂，可能是將進入國中，煩惱不安增多的關係。值得注意的是，十歲、十一歲的孩童對自己的生日感覺不快樂的竟有半數之多，不知父母有何看法？

日本大學新生的健康去向

今年大學就讀的地方出身，而單身在東京都租房生活的大學生，在吃生活情況如何？注意健康而多攝取蔬菜水果，多喝牛乳的健康志向——頗為濃厚。

日本著名企業——雪印乳業，最近以書面調查做了一次大學新生食生活與健康的民意測驗得到的「新東京人」情況是這樣的。

自炊學生是全體的百分之六十五、男生百分之六十六，女生百分之六十四。自炊的理由「經濟」百分之三十五為首位，一餐平均費用一〇〇～五〇〇日圓百分之五十八、「五〇〇～一、〇〇〇日圓（一、〇〇〇日圓折新台幣約為二五〇元）」百分之三十六。

另一面不自炊的外食派利用「學生餐廳」百分之六十三，購買便當百分之二十一。

在「食生活與健康問題」持有關心百分之七十三，對速食品、加工食品即需求「有營養」、「無添加物」、「對身體無害」趨向提高。

實際為健康的吃法「多吃蔬菜水果」百分之三十五、「考慮營養的平衡」百分之二十六、「常喝牛乳」百分之十二、「不吃零食」百分之五。

為求合理生活的大學新生「現在最想吃的」以「媽媽做的手菜」佔百分之十五為最多，具體的品目中「肉餅」、「鮮肉炒蔬菜」等家庭料理較受歡迎。

釜山興奮劑地獄

最近兩～三年來在韓國第二大都市釜山，服用興奮劑的年輕人急增，興奮劑中毒引起的犯罪或騷亂事件，也頻繁發生。被稱為「興奮劑第二亂用時代」的一九六四年東京奧運當時的日本，與一九八八年漢城奧運比較，其歷史的、社會的環境相似甚多。

釜山在一九六〇年代以後，扮演著興奮劑的私造據點兼走私的大本營，每日數千人的觀光客訪問釜山的料亭，或稱為房間酒吧的個室小餐廳裡，做「妓生聚會」尋樂。這些觀光客除了自己外，亦強迫玩伴的女性打興奮劑之後，對酒也用，自然地恥辱感消失，順應對方的要求，提升服務的最高情緒。因此在美軍基地村、私娼寮、酒場等普遍使用興奮劑，愛用者激增，中毒者亦相對倍增。

在韓國製造興奮劑是一九六〇年以後，太平洋戰爭時，被日本徵用，派往興奮劑製造工廠服勤，而學會其製造技術的少數技術者，同年代以後，在日本掌握興奮劑販賣路線的暴力團，到韓國開發製造與走私興奮劑，釜山也成為首要加工貿易基地。

八十年代私造與走私興奮劑基地有了變化，各地走私到日本的興奮劑運回韓國供需，但是最近往日本走私興奮劑的輸出國是台灣，日本在一九八六年查扣的三一八公斤的大批毒品，其中台灣製造佔百分之五十五點五，韓國製百分之三十四。總而言之，一九八八年是韓國杜絕毒品災害，或轉落為興奮劑樂園站在歧途之年。

日本青年愛喝尿

——避免四十歲早夭

最近日本風行「喝尿」健康療法，其方法與效能亦經電視或雜誌介紹。每晨起床後將自己排出的尿液，乘熱飲用，這是促進健康的一種民間療法。

激增的無病症年輕人，如燎原之火般喝自己尿液，尤以樂隊團員或音樂關係工作者為多，在音樂圈的好友見面打招呼就問「喝了沒有？」為何健康年輕人要這樣呢？

唯一理由是好奇心，尿液在傳統觀念上或嘴的傳達是「骯髒的」，但是正常尿液事實上不髒而最少限度無毒是真的，健康的尿液淡黃而且十分清澈，如稍帶其他顏色：如無色、乳白、橘黃色、紅色、微綠、濁藍、棕色均是身體有異樣或疾病，其次尿液嗅味不會有不快感，如有芳香味或氟味則表示不正常。

另一理由是年輕人對生活環境漠然而感覺不安，並受「四十一歲壽命說」的啟示，自覺寶貴的生命不知何時萎縮，而且對現今醫學健身法抱有不信任感和疑問，漸而風行轉向氣功或自身整體的興趣，以自己做自身循環活動來提高自然健身能力，因此年輕人所想喝自己的尿液是二十世紀末開發出來的生存術。

日本青年患「心病」者日衆

經濟大國日本企業界成長高度飛躍，但民衆生活陷入緊張狀態，而長期積壓憂慮造成精神不健康的案例甚多，尤其在二十、三十歲層比高年層為高。

日本政府厚生省（即衛生福利部）去夏向全國四十九所精神保健中心及諮詢服務所連繫的電話相談竟達八、二六九個案件之多，彙整分析：最多是二十歲層，其次依序為三十歲層、四十歲層、五十歲層、高中畢業的二十歲未滿者、高中生以下之順位。

以諮詢內容分析：二十歲以上至六十五歲以下，成人男性則以夫妻間煩惱為最多，其次為親子關係，服務場所之人際關係與工作壓力。成人女性亦以夫妻間煩惱為首位，其次項目順位亦與男性相同。

對目前升學競爭之激烈、社會工作環境之壓力或家族結構之變化、資訊量之增加、價值觀之多樣化等，長久以來之緊張狀態積壓之下，患了雖不算健康也不算嚴重疾病的「心病」——憂慮症激增，因此厚生省計劃自明年度起在全國精神保健中心，設置緊張狀態諮詢專用「心的電話」並指派專人輔導服務。

高中生喝酒問題趨向嚴重化

日本東京首都圈已有百分之十二的高中生，每週有一次以上喝酒習慣，而需要輔導或治療，其主因是四分之三無法抗拒家庭喝酒習慣、電影電視廣告、自動販賣機內啤酒或日本酒罐頭的引誘，這些日趨嚴重化的學生不良習慣是經國立療養所精神科鈴木健二主任的調查而了解，並為全國未成年中學生的家庭，帶來莫大關心與憂慮。

這項高中生喝酒調查是針對東京與近郊神奈川縣高中學生約八千五百名為對象，於去年五至十二月進行，在日本屬少有的大規模未成年者喝酒實情調查。

喝酒狀況的判斷是，採用飲酒頻度等十四項質問回答的點數換算成「ＡＡＩＳ」方式，依高分順序：接近酒精依存症需要治療的「問題嚴重的喝酒者」，為紓解上課或升學壓力，每週一次以上飲酒，需要輔導矯正的「有問題的喝酒者」，「喝過酒卻無負面問題者」，僅被周圍同伴勸誘而喝酒的「正常者」，及完全不喝酒的「禁酒者」等五階段。

此項調查中「有喝酒卻無問題者」最多，其次是「禁酒者」，與十年前同為使用「ＡＡＩＳ」以高中生對象的調查結果比較，十年後兩項數據均降低一半，相反的「有問題喝酒者」卻自百分之一點三激增十倍的百分之十一點九，「問題嚴重的喝酒者」十年前由「無」發展到百分之零點八，而一九七九年美國高中生喝酒調查「有問題的喝酒者」佔百分之十五點一、「問題嚴重的喝酒者」則佔百分之四。主持調查的鈴木主任表示，日本高中生喝酒狀況與十年前的美國高中生狀況很相似。

另調查對象中約六千五百名喝酒頻度是「一週一次以上」有百分之十五點三，包括以一年有數次「喝過酒卻無問題者」在內，且有四分之三是在無法抗拒之下喝酒的情形。

鈴木主任又表示，酒精的過量攝取對成長期的高中生，不祇影響身體障礙，而精神發達亦會有妨害。未成年者禁止飲酒法令執行不彰，導致高中生喝酒嚴重惡化，確實是不能再忽視的教育問題。

有喝酒習慣的高中生，家庭環境有無影響？此項調查的對象是神奈川縣公立高中三校普通科日間部二年級學生一千六十人，調查結果是：

有每天喝酒習慣的父母家庭比不喝酒的父母家庭的學生「ＡＡＩＳ」點數平均值為高，尤其男生有隨父母喝酒的頻度高，而其與喝酒程度也有相當互相關係。另外因死別、離婚等父母不在家的學生比父母在家的學生，「有問題的喝酒者」或「問題嚴重的喝酒者」也較多。

其次向六千五百名高中生問：有無經驗利用自動販賣機購買酒類？答有經驗者百分之四二點二，而百分之八五點二回答「方便而且很好」。「有問題的喝酒者」與「問題嚴重的喝酒者」兩組成員幾乎都回答「方便而且很好」。

另外百分之三一點一表示看電影電視廣告被引誘而產生「很想喝喝看」及「很有趣味」的衝動。

鈴木主任表示：有三成高中生，因看電影電視廣告被引誘，算是相當高的數字。而確確實實高中生利用自動販賣機購飲酒類的惡習也正在擴張中，因而呼籲對酒類販賣企業利用自動販賣機或電影電視廣告做促銷方法的，應需加強管理抵制。

日本高中生喝酒狀況的推移

單位：%

階段	一九八〇年	一九九〇年
禁酒者	三八・一	一七・九
正常者	五・四	四・四
有喝卻無問題的喝酒者	五五・二	六五
有問題的喝酒者	一・三	十一・九
問題嚴重的喝酒者	○	○・八

桃太郎打仗不再逃？

沙漠風暴過後將近一年，最近日本著名的朝日學生新聞向日本全國國中五十七校學生約二、二〇〇人為對象，做一次青少年的戰爭觀民意調查，所得到的結果是，對伊拉克採取武力制裁「不是正確的方法」，如果日本參加戰爭「我一定會反對」。

中東戰爭中「對伊拉克的採取武力制裁是否正確？」的問題，答以「是」百分之三十三，「否」近兩倍的百分之六十三，「不應該」最大理由是「無論何種理由，戰爭總是不好的」百分之二十六、「戰爭帶來的犧牲者太多」、「應該經過談判來解決」、「環境遭受嚴重破壞」等。

「現在的日本是和平嗎？」的問題，答以「是」百分之六十一、「「否」是百分之二十八，最多的理由是「環境仍處在遭受破壞中」，這個數據是去年調查時的四倍。

「如果日本參加戰爭，你會採何種態度」，過去四次的調查結果答以「逃跑」最多，此次調查卻變成「反對」百分之二十七最多，因此了解青少年對戰爭與和平問題意識上，有比較客觀而成熟判斷，確實向前邁進了一大步。

日本漫畫青少年不宜

最近閱讀男女做愛色情漫畫書，而影響身心難以平衡，進而做出性行為違規的青少年為數甚多。

據東京都生活文化局新近一項調查發現，日本漫畫雜誌有半數描寫「性」。這是「性的商品化研究」的一環，由三三二種雜誌刊登漫畫中有女性裸體格數或出現人物等並以什麼過程連繫至男女關係的為對象調查，調查範圍包括月刊、週刊雜誌以四格式除外的成人漫畫。

一千二百二十一本漫畫書中，六〇八本有刊「性行為」描寫，自故事至行為，動機有八九七場面中男女均有愛情案例，最多至二七八場面。但只有「男性生理的動機，而女性無動機」亦有一五〇場面。

每格的人物描寫方法全部一三一、九四八格中，祇描寫女性二六、四五四格，其中穿著整齊大約一半一三、四五九格，其餘盡是臉部特寫、內衣、泳衣、裸體、性器官等描寫，尤其半身像的性器官特寫佔七一〇格。

東京都婦人青少年部表示：不論理由如何，以女性的肉體做為標本，描寫、印刷、發售供做男性單面慾望的對象而被處理，並且其實態以數量表達出來，以供研究參考也算有其意義。盼望這些色情漫畫書，帶給青少年的影響、衝擊能壓至最低限度。

日本青少年犯罪年齡下降

日本社會風氣敗壞，刑法犯中青少年所佔比率竟超過百分之五十二點一，讓教育界及家庭有子女者擔憂。

日本警察廳日前發表全國青少年不良行為而遭輔導者，繼去年連續兩年減少，卻因刑法犯者年齡激降，而青少年不良行為者佔過半數，與過去最高的去年百分比相同。其次①校內暴力事件約減兩成。②高中高職退學者超過十一萬人，無職青少年的不良行為者超過一成。③十六歲為界限，人口減少，但是十四～十六歲的不良行為者佔七成是特徵。

至十一月遭輔導的青少年計一四一、四五六人，比去年減少百分之四點六，但是全部刑法犯中所佔比率竟達百分之五十二點一之多，成為「犯罪者兩人中有一人是青少年」的嚴重程度。

以犯罪別分，竊盜犯九九、七二九人佔全體的七成，其中盜竊腳踏車者增加百分之十七點五，以放置路旁腳踏車盜來騎用的「佔有離脫橫領」者亦增加百分之二十四點四。警察廳指出：腳踏車所有人不上鎖而好似粗大垃圾放置屋外的狀態造成誘惑青少年犯罪，其次亂用「稀薄劑」者增加百分之九點二，吸毒安公子卻減少百分之二十六點二。

校內暴力事件發生六一三件，欺負同學亦有八八件，女生不良行為三一、六二三人，佔全體青少年不良行為者百分之二十二點五，自殺的青少年三八四人。

嬰兒喜歡看電視？

嬰兒出生後三個月就成為電視迷？

日本「有電視的時代嬰兒研究會」受廣播文化基金會委託，費時兩年所做的「電視與嬰兒的關係」調查研究，最近召開發表會報告研究成果。

這項調查以胎兒至兩歲以下嬰兒為對象，並投入專科醫師、工科學者和文藝學者等專家組織而成。

有百分之九十以上的家庭在嬰兒房裡設置電視機，出生後三、四個月的嬰兒有百分之五十看電視，這是嬰兒「有意無意轉向電視方向」、「不斷注視電視」、「看電視會笑出聲或配合音樂節拍而搖動身體」等動作而顯示嬰兒在看的意思。

而以神奈川縣與長野縣內兩個月至兩歲的乳幼兒檢診一、六一六人的父母親為對象，加上東京三〇公里圈內的二四四位母親及住在東京都市區的家族進行調查發現，一歲二、三個月的嬰兒，有百分之二十五會按電視開關，到兩歲則有半數以上會按自己喜歡看的節目。

大致上嬰兒喜歡的畫面為：「有動物出現的場面」、「有小朋友出現的場面」、「有嬰兒出現的場面」、「有交通工具出現的場面」和「有音樂節奏感的場面」等。

為了解嬰兒觀看電視是否對眼睛有所影響，研究小組並以五五位嬰兒為對象：以每天看電視一小時以上者為A群，未滿一小時者為B群，結果二歲以下A群平均視力○・二五四，B群○・一九七。

據參與調查的國立小兒科醫院眼科平形恭子醫師表示，嬰兒東張西望促進視力發育，因此常看電視的嬰兒視力發育較快，這並非說看了電視較好，但起碼對嬰兒視力發達並無不良影響，但這是指一天平均觀看兩小時以內而言。

電視功能知多少

電視在高齡者的生活資訊及了解社會動態上扮演窗口角色。日本著名家電製造商「東芝」，所做的「電視機地位調查」，對象是東京都區內、新潟市、名古屋市、大阪市的主婦六七五人，回答的結果由統計數目裡，了解電視被廣大社會歡迎和利用情形，耐人尋味。

▲一家所有台數：二台百分之三十九點四最多，其次三台百分之二十八點九，一台百分之十七點〇，五台以百分之四點六，電視拒絕派〇。

▲安裝場所：居室百分之九十，二台以下是寢室百分之三十九點三，兒童房百分之二十六點五，客廳百分之二十點四，廚房百分之十六點四，妙的是廁所及浴室〇，但是裝在棉被櫃裡是百分之零點一。

▲電視連接利用情形：居室的電視連接錄影機百分之三十九點一，電動遊戲機百分之十七點八，立體聲系統百分之六點八，電視唱片百分之四點七，個人電腦百分之三點九，電視單獨使用祇有百分之四十一點三。

▲電視用途：提供生活資訊、社會動態、娛樂、消除緊張情緒，了解時間氣候等佔百分之六十以上，可見電視提供周邊資訊來源獲得很高評價。尤其高齡者看電視知道社會動態的訊息高佔百分之八十二點一，被利用做提升知識教養的方法亦佔百分之六十九點二，趣味性的使用佔百分之三十點五。

電視看多荒廢課業

不要看多電視而疏懶讀書——美國教育部最近發表全美中小學生讀寫能力報告書，長嘆科技的普及帶給孩子們有「一天平均看電視三小時多」的實情，而呼籲改變生活習慣，多費些時間看讀書本。

該項報告書是選擇全美一千二百所公私立學校，以小學四年級、國中二年級及高中三年級為對象，於一九九〇年調查統計而製成。

其中每天小學生有百分之二十五以六小時以上，高中生的百分之四十以三小時以上觀看電影節目。

小學生的百分之五十、高中生是百分之六十六，只讀不超過十頁的書。

亞歷山大美國教育長官，在記者會中表示：就讀美國學校的日裔家庭的學生，每逢週六均辛勤而樂意接受日語文教育的實例，強調「應該創造重視讀書的家庭環境」的重要性。

除外布希前總統，亦在發表該報告書之前，視察喬治亞州私立學校時呼籲：「會讀書者是電視看得少的學生」，來警告電視兒童改進少看電視，而漸進式培養良好生活習慣，多多接觸書本，創造讀書研究樂趣。

日本中小學電腦教學普及

日本中小學校引入電腦教學狀況調查，經文部省（即教育部）發表：高職高中百分之九十四、國中百分之三十六、小學百分之十四的順序，可稱相當普及，惟操作電腦指導學生的教師人數比率，還是差一大截，中小學平均停留在十位教師中僅有一位具備此能力。

新近公佈的新學習指導個案中，國中技術及家事科均增加「資訊基礎」課程，主要是促進學習電腦為目的，因此對大多數教師，無法操作電腦者，將計畫設班擴大特別訓練，將是目前重要課題。

據調查：今年三月，學年結束時，全國有四萬餘公立學校，其中百分之二十八的一一、四〇〇校設置電腦，各級學校中每校電腦台數，高商高工職校以電腦為必修課程，其使用極為頻繁，平均十九點七台、國中三點五台、小學二點九台，國中、國小授課情形甚少，而以整理成績或收集在校生各項統計資料、畢業生出路資料等，使用方向以校務處理為主。

十六位元個人電腦占全體的百分之六十八，八成學校購置電腦，其餘是租用而來，在普及率而言，高中高職在五年前祇佔百分之五十六，現在已接近百分之百，國中與五年前比較進步超過十倍，電腦輸入的系統之標準程序，高中十八套餘、國中九套前後，其內容以小學、國中、高中連貫之數學、理科教材等為重點，全部之四分之一為各校教師自製。

會操作電腦的教師百分比，小學百分之七、國中百分之十二、機件在周邊的高中高職百分之二十五，另外教師佔三分之一，比起數學、理科教師來，國文、社會科教師的研修態度及興趣普遍低落。

日本的男孩節

在日本民間風俗五五是男孩節，又稱菖蒲節，家家戶戶庭院或屋頂豎立竹竿，有幾位男孩就升掛幾條鯉魚旗，並在門軒裝飾菖蒲艾草，客廳佈置武士人偶或刀劍、戰盔，製粽型拍餅供食，以祝福孩子強健、聰明，將來躍登龍門。

日本埼玉縣加須市的利根川河畔，上空最近升掛長度一百公尺、重量六百公斤的巨無霸鯉魚旗，在藍天白雲的天空飄揚。

這項活動是該市和平祭的主要活動之一，動員八十人，並靠著起重機幫忙，升上鐵塔上端，和風吹起鮮麗的鯉魚旗，在空中翔游十分壯觀，衆多市民全家出動，扶老携幼，前往河畔踏青參觀，呈現異常熱絡。

外語排行榜

英語之外，日本企業界需求的外語是華語，而一般人盼望學習泰語。

教導世界四十五個國家國語而著名的日本東京都大學書林國際語學學院，最近向該校學生一、五〇〇人為對象，調查受歡迎語言與學習動機，得到這樣的結果。

企業界派遣的學員以商務為主，一般人則以觀光為目的，稍有差異，唯一共同要素以「其國家政治情勢安定」、「跟日本關係良好」等兩項。

此項調查是該校企業界班級與一般人班級，在海外赴任前的學員或公司內語學研習班意願，一般人班級的學員是二十至三十歲層女性上班族為中心。

企業界班級：最受歡迎語言的首位是英語，跳上第二位的華語是天安門事件影響而一段時期沉寂，但是中國大陸是日本的重要市場，並且將成為各企業生產據點之故。

從去年十一位激升第三位的西班牙語是，即將迎接巴塞隆納奧運會及塞維利亞萬國博覽會景氣為要素外，中南美地域被廣泛使用西班牙語，企業為相對有種種政治性、經濟性問題等重要因素。

其次④俄羅斯語、⑤法語、⑥日語、⑦印尼語、⑧德語、⑨泰語、⑩葡萄牙語、巴西語。

一般人班級：首位仍屬英語，其後依序②泰語、③廣東語、④瑞典語、⑤土耳其語、⑥芬蘭語、⑦阿拉伯語、⑧西班牙語、⑨印尼語、⑩俄羅斯語。而泰語、廣東語、印尼語等東南亞旅遊景氣為背景語言激升，俄羅斯語亦自去年的二十八位躍進第十位，相反地，去年第九位激降第十八位的匈牙利語等東歐圈語言，卻暫時景氣冷卻，而滑落甚多，堪稱在學習各國語言的冷熱程度，亦略知國勢動態而影響其起伏。

留日大學生中國最多

日本文部省(即教育部)發表去年五月一日現在日本大學的外國留學生有四一、三四七人,一年期間激增約一萬人,尤其在專修學校留學者顯著增加,其次中國大陸的留學生亦比前年增加七千人,而全部留學生中,中國人留學生佔有百分之四十四之多。

留學生詳細分類:自費留學生三五、三六〇人、日本政府頒發獎學金的公費留學生四、九六一人、外國政府派遣留學生一、〇二六人、自費留學生近三年來兩倍、五年來三倍的急增,再次留學生男女比率是男性百分之六十一、女性百分之三十九。

留學別:大學、短期大學一六、一七七人,研究所一二、三八三人,專修學校一三、五七四人,高專學校二一三人,而專修學校留學生則佔全留學生比率達百分之三十。

留學生出身國:中國大陸比前年增加百分之六十六的一八、〇六三人列為首位,韓國亦增加百分之二十二的八、〇五〇人、台灣六、四八四人、馬來西亞一、五四四人、美國一、〇八〇人、印尼九四八人、泰國八五六人、菲律賓四七九人。因中國大陸、韓國留學生的急增而地域別留學生中,亞洲地域比率上昇至百分之九十一點七。

日本政府最近亦訂定「外國留學生十萬人計劃」以期二十一世紀初期付諸實施,大量收受各國留學生。詳細分類為自費生九萬人、國費生一萬人。短大、大學六萬人、研究所三萬人、高專、專修學校一萬人,以加強學成歸國後所學能與就業連結的實務能力做為輔導目標。

小朋友的寛裕感覺

日本大阪幼少年教育研究所，最近做了一次「小朋友的寛裕感覺」調查，有這樣的結果出來。

這項調查於一九九二年元月份，以大阪市內小學五、六年級學童一、三五三人為對象實施，項目分：

下課後補習的時間「需要更多」有兩成，相反的，自由時間或睡眠時間「比現在更需要」佔七成。

要去廣場或公園玩有七成以上，需要與自然環境接觸「比現在更需要」者有八成，反而更加強玩伴的朋友關係者僅兩成，滞在冷靜的「孤單」寂寞傾向濃厚。

另一方面家庭餐飲「現在情形就好」、「無需比現在好」的滿足現狀是六成以上。

教育研究所石田教授表示：「現在的餐飲不會有不滿感覺是因為，家庭冰箱塞滿了各種食品，隨時可吃，零食也吃多，孩子們無法盡興玩耍消耗體力，是肚子經常飽飽不會有太餓的原因。」

「圖書館」搜奇

世界最大圖書館——一八〇〇年創立設在美國華盛頓市內的合衆國圖書館是世界最大，十九世紀後半成為國家中央圖書館，據金氏世界記錄：一九八七年該館擁有書籍小册子達到二千二百萬册，八千五百萬項目之鉅，總面積二十六萬平方公尺，書架總長亦達九百公里之長。

在超級圖書館之類，倫敦大英圖書館亦有強力收集方針，並確立近代書庫制度目錄之整理而聞名，館房書庫分散倫敦市內外，藏書總數約一千五百萬册。

最古老圖書館——古老資料記載及傳說，設有大圖書館是紀元前四～一世紀的希臘文化全盛期，亞力山利亞曾有巨大圖書館，使用紙莎草做的寫本保存，藏書數亦約七十萬册之多。埃及政府正進行古代圖書館的再建計劃，並接收世界各熱心圖書館事業機構之捐款宣傳運動，這項計劃預定募捐二百三十億日圓（折台幣五十七億元）為建設工程費，預定一九九五年完成，先自中東關係為中心藏書數二十萬册而開館，漸增至八百萬册為目標。

文化活動之先驅——位在東京都練馬區有一家，於一九七四年經東京都政府教育委員會認可的財團法人私立東京兒童圖書館，十餘年來收集的家庭文庫為母體，借用大樓一角為兒童開設圖書閱覽室，除兒童外對象以成人爲多，亦提供研究資料室，並經常舉辦演講、講座等社會教育活動。

殘障兒童用玩具圖書館——在歐洲已有二十年的玩具圖書館運動，日本亦如法炮製，於一九八一年在東京都三鷹市創設日本第一家玩具圖書館，提供偏向自閉性情的殘障兒童的聯誼場地並各樣玩具之使用。

現在日本全國有同類圖書館四百餘家，分佈各地擔任社會教育重要一環。

大學公開圖書館——大學圖書館對一般民衆應是不提供借書服務，日本全國僅有一家是圖書館資訊大學附設圖書館公開圖書室（在茨城縣筑波市），該地區迄今尚無公共圖書館，因此替代其功能而設。開放一般市民是每週三天借書、還書、整理均賴學生或地區主婦義工幫忙處理。

與科學館聯線——去年開幕的日本神奈川縣伊勢原市立圖書館，兒童科學館聯線一體的最新複合設施，總工程費四十七億日圓（折台幣十二億元），規模是地下一樓，地上四樓，總面積約八千平方公尺，天象儀圓頂屋內有圓形銀幕，放映宇宙視覺時頗有臨場感。

漫畫圖書館——現代漫畫圖書館座落東京都新宿區，一九七八年設立，新出版漫畫書激增而規定限館內閱讀，藏書約十二萬册。宮崎市亦有漫畫圖書館，以現代漫畫圖書館為目標藏書亦有六萬册。

自費出版圖書館——位在東京都東五反田的日本松家本圖書館是東京唯一自費出版物之專門圖書館，年間約有二萬部自費出版物，而大部分為非賣品很難得手，在此廣泛的自費出版物，以館內利用或借書均免費，並兼辦自費出版諮詢服務而由專家應詢，開館日每週三、五、日三天。

為管理保存而傷腦筋——日本國立圖書館收藏文獻約五百萬册，為日本全國最大圖書館書籍或文字之保存問題近年成為大問題，十九世紀建立的近代製紙技術為防止油墨滲出，一律製造酸性紙，經過一百年紙質就開始腐爛，相對如用中性紙印刷，最低亦可保持五百年左右。該館以每年八～九月的一週間收藏新刊書籍為對象調查，一九八六～一九八九年四年間使用中性紙比率是百分之四十五、百分之二十三、百分之四十七、百分之十，未必是順暢更換中性紙，因此該館對藏書保存問題屢次提出討論。

都市孩子運動能力退化

東京的小孩長「大」了，但是運動能力與基礎體力卻沒有隨著體格的變大而增強。

這是東京教育廳今年度做的一項學生體力調查的結果，對象是公立小學、國中、高中的學生，測驗項目包括垂直跳、跳板跳等體力診斷，以及五十公尺短跑、一千五百公尺耐力跑、擲球等運動能力分析。

和十年前比較起來，中學男生在身高、體重、胸圍等方面都有增加的趨勢，尤其體重增加了兩公斤。體力方面，表現敏捷度的反覆橫跳成績稍有進步，而這種表現短時間的敏捷度動作，正是都市孩子的拿手好戲。

相反的，一千五百公尺的耐力跑，比十年前平均落後十五秒。另外，柔軟度也有退化的傾向，像站好往下彎由十一公分變成八點五公分，很明顯退步了。

東京是日本最都市化的城市，住在東京的孩子不論在持久力、柔軟度、跳躍力，都在全國孩子的平均數之下。

東京教育廳的解釋是，現代都市孩子在升學壓力之下，休閒遊戲的時間減少，而且生活習慣的改變，讓他們比較沒有往前彎的機會，致使在多項成績上較過去落後。

下班後乘船兜風去！

初秋的夜晚，租一條帶頂的遊船，約好親朋同事，一齊邊唱邊喝乘涼，成為日本東京上班族下班後的消遣。

東京灣連日有衆多上班族，租用遊船而異常熱絡，接近傍晚時刻，東京都港區臺場公園近海處，日間酷熱尚未散去，卻已有約五十艘，古色古香排滿燈籠的日式遊船，亮麗的照映在水面上，而遠遠還看到，東京塔的高層大樓在黑暗中浮出，顯現一幅很有詩情畫意的美景。

離臺場公園十公里的江戶川河口附近，亦是遊船的集聚處，有更多遊船出動集結，東京迪斯耐遊樂場的夜景及煙火，亦頗為引人入勝。

租船的遊客，大部份是下班的上班族，在遊船內靠欄，享受海風經拂，或輪番大唱歌謠，飲酒作樂藉以紓解繁雜工作壓力，並培養明日拼鬥力量。

江戶川區的租船老闆表示：自六月至九月間，預約已排滿，天天忙碌至深夜才能收班。

日本觀光購物排行

一九九二年四月二十五日至五月五日為全日本黃金假期，有四〇萬七千人前往外國旅遊。去年有沙漠風暴影響國外旅遊受阻，而今年出國旅遊熱潮便成為反彈，其人數激增兩成。日本觀光客除在旅遊之外，亦喜歡在各觀光地搜購當地特產品，除自用外，並將部分當做禮物分贈親朋同享。

據日本交通公社（類似觀光協會機構），於一九九一年在成田等五處有出入境管理之國際航線機場，以歸國旅遊者八、九〇〇人為對象，所做調查中複數回答的觀光客在國外購物排行榜是：①威士忌、白蘭地百分之六十六點四，②巧克力、餅糕類百分之六十三點五，③化妝品、香水百分之五十六點三，④香煙百分之五十二，⑤皮革製品百分之四十點八，⑥領帶、圍巾百分之四十點六，⑦手提包類百分之三十五點九，⑧衣服類百分之三十三點五，⑨民藝品百分之二十七點四，⑩婦女飾物小配件百分之二十六點七。

日本出國旅客將達一千二百萬人

日本一九九二年將有一、二〇〇萬人出國旅遊的時代來臨，我國公私觀光機構，應根據此一訊息，即刻共謀如何宣導誘致大批日本旅遊團體來華觀光，是目前亟待處理的急務。

依據日本交通公社（ＪＴＢ）日前發表評估：旅遊市場一宿以上總人數比去年增百分之一點六的三億三千三百萬人次，其中國外旅遊者，比去年增加百分之十三點七，而達到一、二〇〇萬人之鉅。國內外旅遊者仍繼續成長。

這項調查是去年十一月實施，觀光報告書、國際觀光振興會的旅遊實態調查等數據再配合全國觀光關連企業二二四家為對象，由交通公社所做的民意調查彙計而成。

全國國民每人旅遊次數是二點六八次，旅遊消費總額十八兆一千億日圓，每人每次平均消費額五萬四千四百日圓，其中國外旅遊額比去年增加百分之十點七，推計達到五兆二千億日圓，而且一次平均消費額是四十三萬日圓。此一現象是價格適當的包清旅遊頗受歡迎而改變旅遊形態。

交通公社分析旅遊需要急速的成長理由提出三點：①企業及公務機構休假制度擴大。②消費者心態上由添置物品轉變享受休閒活動。③中東戰爭影響國民國外旅遊受阻的反彈。

歡迎帶嬰兒旅行

日本旅行社最近推出「帶嬰兒同遊的家族旅行」的獨特企劃案獲得好評。利用全國企業界暑假旺季，讓帶有嬰兒、幼兒的家庭亦充分安心參加旅遊為著眼點，如一般的目的地是有溫泉地區的遊覽勝地。

因為帶嬰兒旅行十分辛苦，安排上亦多費心，沿途要接待嬰兒旅行的旅行社好似專賣店，配合應準備的事項如：

①各旅社備有各品牌之奶粉，免洗尿布。
②供應家族使用的浴缸的和式套房。
③可在客室享用早餐、晚餐。
④多準備幾條浴巾、面巾。
⑤為防尿床多準備防水橡膠布、床單、被單。
⑥嬰兒車的出借。
⑦在旅社準備嬰兒、小兒專用急救醫藥品。
⑧建立旅社與急救醫院之聯繫系統。
⑨客房或旅遊車內準備熱開水、溫開水以便隨時取用。

不得不令人佩服日本商人腦筋動得又快又好！

對出國旅遊品質日本人多表不滿

年前國人出國旅遊途中，在香港遭受不平等待遇，導致一千餘人被迫在候機室打地舖過夜之難堪事件發生後，旅遊界掀起對港方討回公道，抗議抵制促其儘速訂定改善事項。

鄰近的日本號稱一年有出國旅遊人數接近一千萬人之鉅，尋找資訊打聽參考，其旅遊品質又如何？依據日本消費生活顧問協會「旅行問題研究會」最近向過去五年間出國旅遊的五百人為對象，做了一次「旅行社組織包辦國外旅遊消費者調查」，所獲結果仍是不夠理想。

利用頻度：一次者百分之五十一、二次者百分之二十三、三次者百分之十三、四次以上百分之十，最高尚有二十次者。

最近的旅遊目的地：亞洲地區最多百分之三十四、其次為歐洲百分之二十二、夏威夷百分之十八、北美洲百分之十二。

旅遊費用以三十萬日圓，未滿百分之六十六，三人中二人利用比較省錢的旅遊活動。

滿足點：「住宿不錯」、「觀光遊覽點多」、「旅費公道」，而三成弱表示無不滿地方。

不滿點：「日程過密」、「餐飲品質不佳」、「未照計畫日程遊覽」等較為顯著。

不滿時如何處理方式：「自己忍耐」百分之七十四、「向隨隊嚮導抗議」百分之十五、結局有不滿仍是自認倒楣算了佔其多。

登聖母峰代價五萬美元

——環保登山費用昂貴

各國登山冒險家，能以站上聖母峰（又名埃佛勒斯峰）峰巔，為一生最大榮譽，雖然如此，卻自明秋起要付出昂貴代價。

登山團體征服聖母峰而留置大量垃圾，為清理而大費周章的尼泊爾政府最近發表決自明秋登山季節開始，聖母峰登山費就原來的一萬美元，大幅調高至五萬美元，以價制量為準則，來維護自然環境。

另規定每一登山團體能站上峰巔人數亦限制為五人，每增加兩人，還要追繳兩萬美元，同時禁止重複登山。

自一九五三年希拉里卿，首次征服聖母峰成功之後，至今有三百以上各國登記隊前來挑戰，而成功站上峰巔者，僅有男女合計五十三人。

為登世界最高峰，慕名而來的登山團體，卻不自愛在沿途，尤其峰巔附近留下不用器材數噸垃圾，使環境迅速惡化名山失色，而遭受環保團體責難。

騎摩托車征服南極

歷史上初次駕駛摩托車抵達南極大陸中心點，最近由日本冒險家風間深志創造。

風間深志今年四十一歲，日本東京都人，連同由日人兩人、加拿大一人組成的支援小組，三人駕駛的機動雪橇一起，於月前自南極大陸太平洋岸哈居里印黎拖出發，駛完一千四百公里，艱難度最高的行程安全抵達南極中心點的美國阿蒙增蘇格度基地。

全程儘是風雪強烈，除極少部份路段驚險，摩托車無法前進時，則由機動雪橇拖拉之外，連日奔向毫無人跡的冰天雪地，風馳電掣，頗費賣力，備極辛勞。

彩色軟片女性的最愛

彩色軟片消費已由女性主導——著名的世界級攝影軟片富士軟片公司，最近發表「彩色軟片消費動向調查」報告，購買者、攝影者、沖洗委託者，女性已超過半數。

相機是過去的男性趣味代表之一，而購買軟片的男性卻因時勢變遷呈男女逆轉，玩攝影的男性地位有下降傾向。

調查結果顯示：彩色底片購買者的百分之五十四是家庭主婦，百分之二十八是男性，包括女孩的女性是全體的百分之六十三，十五年前調查女性購買者祇有百分之四十三，如今已成男女逆轉趨勢。

小學生創舉騎單車縱走日本

日本北海道旭川市，陵雲小學六年級學生，中務顯貴，現年十一歲，利用今年暑假單獨騎單車，自北海道北端宗谷岬出發，長征縱行日本列島三十七天，至九州南端佐多岬，全程二、八〇〇公里。

這一位勇氣十足，鬥志旺盛的小男孩，已於七月十六日單騎出發，經過日本海沿岸國道南下，以時速十五公里，一天疾走約九十公里行進，夜間則投宿青年旅行招待所或民家，預定八月二十一日抵達終點的九州佐多岬。

此次單騎長征的動機是，去年暑假時，徒步一個月縱行北海道，對野外生活感覺特別有興趣，從單獨旅行獲得經驗及信心，並費半年時間做計畫、準備及體能訓練。

為求行車穩定性，特地購買成人用登山車，配合自己身高（一三五公分）改裝把手及踏板。在體力方面除今年四月起至出發前慢跑累計一、六〇〇公里以上，並自一年級開始連續做摔角訓練。日本自由車協會表示：小學生單獨騎單車，做全國縱行長征是空前創舉。

東京鐵塔30歲慶生

矗立東京芝公園內的東京鐵塔，高三百三十三公尺，比法國巴黎的艾菲爾鐵塔還高出二十六公尺，三十年來一直保持「世界最高鐵塔」美譽。一九五七年建造當初主要功能是提供電視與廣播發射電波之用，十二月二十三日剛好過三十歲生日。

市政當局為配合紀念，該塔決自一九八九年一月一日零時起，採用上射燈照明，在夜空將鐵塔照得宛如「細身的貴婦」般，讓一千二百五十萬市民耳目一新，這項照明更新工程由管理鐵塔的「日本電波塔公司」負責，自九月施工至最近順利竣工。

原來六九〇盞的日光燈秀出外輪廓外，再加上一五〇盞投光燈，使人們的視覺產生立體化，如鐵塔漂浮在空中感覺，而且燈色亦依季節予以變化，各季以暖色的黃金色、夏季改以明朗的銀白色。

東京鐵塔經過三十年，在日人心目中仍是努力振興，提升自己國家光榮的象徵，而且是市民、全國學生，以及外國觀光客，最喜歡去的勝景之一。

東京鐵塔還有些小秘密如后：

▲東京鐵塔建造一年半就竣工，耗去鋼鐵四千公噸。

▲裝置五部強力發電機，以備停電時立即自家發電供用。

▲為防震鐵塔底部造得四平八穩，四處腳部，隔離九公尺，基礎部份深入地下二十公尺。

▲為防鏽每五年油漆保養整修一次。

▲塔頂裝有避雷針，因此附近大樓均免裝避雷針。

▲鐵塔中間有一幢五層樓房，參觀者可搭乘透明電梯，一分鐘可升至一五〇公尺處，第一層瞭望台觀賞風景。

▲二五〇公尺是第二層瞭望台，有八家電視台、三家廣播電台發射站，還有氣象測候站，記錄風速、濕度、溫度等幫助氣象資訊。

▲二四〇公尺高處裝置兩架一八〇度遙控攝影機，觀察市內交通狀況，提供警方維持交通秩序。

鬥力不鬥氣

相撲是日本兩千年歷史傳統的國技，也是摔角的一種，相撲比賽以一對一較量，注重體重、身材和力氣，並用迅速而突然攻勢，盡力將對方推出直徑約十五英尺的圓型比賽場外，或讓對方除兩腳以外的任何部位觸地求勝，相撲選手只著兜襠布，互相緊握對方腰帶，比賽短促。

今年的全日本大相撲秋場所（秋季大賽）將有四位外籍新選手初次登台亮相，這項日本國技最近開始步入國際化。包括東關部屋新來的英之國（英國籍）與大海、大空（均美國夏威夷籍），及武藏川部屋的新人武藏丸（美國籍），目前日本相撲界共有二十名外國力士，以著名的大關小錦為排頭，其他國籍還有中國、阿根廷等。

東關部屋現有力士十五人，除幕下高見王、曙外，另有五位西洋力士，練習場經常聽到英語對話，此外高田川部屋也有六位台灣力士。

這批外籍力士體力比日本人均無遜色，但因為語言或生活習慣的不同，受訓期間相當辛苦，確實需要一段長時間的磨練，才能適應相撲界的習慣，其中有幾位能出頭成為相撲大力士，仍未可知。

有種來試膽量

眾多年輕村民，騎在直徑一公尺，長度十八公尺大原木上，自坡上滑落到坡下平臺的豪快刺激民俗活動，吸引了三萬餘人觀眾冒雨前來參與。要試試膽量的年輕村民百餘人，最近在日本長野縣下諏訪町，已經有一千二百餘年歷史的諏訪神廟前，參加每七年一度的「御柱祭」。

三株「御柱」拖上山坡上，最大斜度三十度，長度約一百公尺，以「預備」為信號，比賽員分別騎上「御柱」，「開始」時綁原木的繩子，分批被切斷後，原木快速地滑落，騎在原木上的比賽員大部分重心不穩，隨著搖幌而被拋出人仰馬翻，在泥濘中打混，個個成為泥人，能堅強到終點平臺者，卻是膽量大、技術好的少數強者，獲得萬計觀眾歡呼喝采。

公園遊戲不好玩？

為何孩子們不去公園遊戲場玩呢？今夏漢城市政府在市內兒童公園八六一處，向二九、二三〇名的小朋友做了一次民意調查，結果在韓國日報發表。

「好玩的設備太少」百分之二十九。
「有不良少年」百分之二十。
「影響功課」百分之十八。
「太遠來回費時間」百分之十二。
「家長不允許」百分之十一。
其次小朋友感覺不便：
「沒有廁所」百分之二十七。
「遊戲設備不足」百分之二十六。
「沒有飲水設備」百分之二十五。
最後小朋友盼望增加的遊樂設備：
「溜冰場」百分之三十二。
「籃球場」百分之二十九。
「沙場」百分之二十七。
「桌球檯」百分之二十四。

成吉思汗敗部復活

成吉思汗與史達林這個歷史名人，最近在外蒙都被大作翻案文章。曾經是外蒙古人救世主的史達林成為民衆痛恨而致跌停板，相反的，以武力制服歐亞大陸而差點在歷史被抹殺的成吉思汗，最近卻又被譽為統一蒙古民族的大英雄而大獲平反，情勢急速升高成為漲停板，兩位故人如在地下有知，對世局轉變之劇也許會大吃一驚。

十二世紀中葉以一遊牧貴族之子，出生在蒙古高原的成吉思汗率領驃悍無比的騎馬兵團征服歐亞兩大洲，而建立一大遊牧民族國家「蒙古帝國」，但是紅色革命後之外蒙政權否定自己老祖宗成吉思汗是英雄，而以「侵略異民族的罪人」來作歷史解釋，學校亦以同一觀點施教，成吉思汗世紀對蘇聯史之立場來看，中世紀露西亞先後被蒙古統治約有兩世紀之久，苦受壓迫，等於「韃靼人的頸架」。

一九二一年革命以來依賴蘇聯全面協助援助而建國的外蒙，對蘇聯關懷而無法將成吉思汗稱呼為「民族英雄」，尤其對親蘇派澤登巴爾政權（一九五八～一九八四年）徹底進行民衆思想控制，連著名民族學者的有關成吉思汗書籍或學術論文亦遭受查禁彈壓。還有為紀念成吉思汗誕辰八百年於一九六二年發行的「成吉思汗郵票」（四張一組）亦遭受蘇聯反對而禁止發售。

相反的，史達林在澤登巴爾政權時代受到「救國英雄」般款待，第二次世界大戰中之一九三九年五月至九月，日軍關東軍向外蒙國境入侵所引起的諾門坎事件時，史達林受當時外蒙最高指導者之邀請派遣強大軍隊援助，並以蘇聯、外蒙聯合作戰而徹底打敗日本關東軍據守外蒙獨立。

一九五六年戈巴契夫對史達林批判後，其國內亦對史達林銅像採取拆除，以往外蒙首府烏蘭巴托國立圖書館前廣場豎立好似當做救世主史達林銅像，不久前被人用油漆汚塗，外蒙共黨當局已向民衆壓力屈服，拆除人民痛恨的史達林銅像。除外，國境警備隊、圖書館、馬路等以史達林命名者亦決定一齊削除改名。拆除銅像或取消史達林命名之街道或建築物具有象徵性意義。

時代變遷，成吉思汗形象急速上昇，近期以外蒙科學院為中心的成吉思汗出生地古墳亦進行學術性發掘調查，查禁的成吉思汗郵票仍有少部份在黑市流通，被郵票迷高價收藏，一九四〇年以後一般公用文字僅用俄文之規定，最近亦重新規定併用蒙古固有文字，學校配合新規定政策實施蒙古文字教學並對保護本國文化遺產而特設文化基金，並對傳統文化之保護及再評估之工作加強在實施。外蒙政府亦打出「脫蘇」之自主外交路線，以民族主義的動態轉向，今後是否更加民主化、活潑化，世人將拭目以待。

供奉清水祖師的蛇廟

馬來半島西岸檳城，素有「東方之珠」之稱，是馬來西亞全國十三州之一，全州由一〇一個珊瑚島組成。檳城的天然海港，最先引起英國人注意，利用它作為英國戰艦停泊處，以保護英國東印度公司，在東岸建立的貿易站，隨著貿易的發展，華人、印度人、阿拉伯人等紛紛移居於該島，融洽地和當地的馬來人相處。他們的服裝、節目、烹飪技巧友善好客，使檳城成為極受歡迎的特殊渡假樂園。

檳城有一座世界唯一的奇特寺廟，該廟建於一八七二年，主神是清水祖師，廟宇建築是純中國式，該廟建成後，山區蛇群遷移佔有該廟宇及附近庭院。

各種蛇類盤繞廟的樹枝或雕樑或香架上、或蜷伏神桌上、或盆景花木上，但是它們都那麼馴服，與人無爭，絕不會攻擊人們，許多遊客可向管理人員，付便宜的費用，借一條活生生的蛇，攝影留念，兇險的毒蛇遂變成乖巧的小貓一樣，依偎在遊客身上「卡嚓」一聲，留下最刺激又回味的畫面。

東京都民熱中研修民俗藝術

東京都民研修日本傳統文化課程風氣頗盛，而報名都政府附設機構「東京文藝復興推進委員會」主辦「江戶東京自由大學」頗為踴躍，報名竟有二四、〇〇〇人之多，在十八個課程中平均為二點四倍之競爭率，主辦單位決定明年續辦招生開課。

江戶東京自由大學以「江戶（東京數百年前之舊稱）至東京，向江戶學習與東京同樂」爲主題，在東京都港區白金台五段都立迎賓館，每週五、六、日三天開辦研修課程。

自由大學多彩多姿的課程包括「江戶東京學事開始」、「怪談江戶一百講」、「東京中的江戶、明治、大正」、「江戶東京祭典四百年」、「江戶料理」、「歌舞技討論會」、「江戶粹藝系譜」、「江戶服飾」、「東京文藝復興」等為教材，純粹的民族藝術、風俗習慣之生活研討，頗為活潑引人入勝。

其中最叫座的課程有：「東京中的江戶、明治、大正」，氣氛獨特而歡樂，集體前往古老河川、古邸、庭園、橋樑、風景區參觀聽取專攻民俗歷史學的教授講解而了解有關典故，確勝讀幾本名勝古蹟案內書。

「歌舞技（日本固有民間古典演劇）十倍享受法」的課程中有「歌舞技討論會」亦頗有人氣，目前名演員多人擔任講師，在歌舞技戲院或國立劇場的觀劇路線亦有安排。

小心白色子彈

在台灣，高爾夫球運動十分盛行，但日本最近發生的高爾夫球傷害案，值得球友注意。一位日本醫師被高爾夫球擊成失明，請求兩億六千萬日圓賠償，這件官司原告是益崎醫師，被告是另一位醫師與該高爾夫俱樂部。事件經過是，該地醫師同業在俱樂部比賽，在開球區左前方休憩室待機時，另一位醫師打的球竟擊傷益崎醫師左眼，因而視力激減至〇點〇二幾乎已成失明狀態。

原告以被告擊球方向錯誤及俱樂部開球區休憩室周邊未設防護柵，對安全措施有所疏忽，請求二億六千六百萬日圓（折台幣約六千六百萬元）的傷害賠償。

所以，別以為高爾夫球體積小，揮桿的力道可是會使它成為頗具殺傷力的「白色子彈」呢！

第四篇 健康生活

為了「健康」走路吧！

——日本計步器風行

現代人懶惰成性，一點點路程都依賴機車、汽車代步，尤其在大樓勤務的上班族，竟懶得不願多爬兩、三樓，而等待電梯上下。眾多人不用腳步行結果，患上成人病或肥胖症大有人在。日行萬步是成人的健康訣竅，日本企業界最近關心所屬員工健康，為獎勵步行促進延年益壽，而贈送計步儀器的廠商愈來愈盛。

東京海上火災保險公司健康保險社最近對一四、〇〇〇位全體職員分配計步器，其動機是該公司健康管理室策劃先由男女社員一八〇人佩帶計步器一週，實施調查結果：一天平均男性八、五〇〇步、女性八、二〇〇步，尤其三十歲層男性是七、九〇〇步，例假日僅為五、六〇〇步，單身職員假日更降至四、〇〇〇步的懶惰程度，與理想的日行一萬步標準差距甚多。

分贈計步器後健康管理室隨即發動「走罷！走罷！運動」，上自董事長下至工友八、二〇〇人均參加，約有四成的三、二〇〇人達成一個月內「日行萬步」保持十天以上記錄。

部份高級主管亦以女秘書為步行競爭對象，上班時在捷運前一站下車步行至公司，不搭電梯多爬樓梯，來累積步行成績大有人在，成績最佳者有達一個月三十七萬六千步的最高記錄。其中有一位董事級大老的做法是朝晨散步，午間步出公司外用餐，每個月打兩次高爾夫來創造成績。

大阪積水化學工業則將計步器按成本分售職員或其家眷，促銷六千個，再為便利記錄每日步行數，亦印發「龜卡」以供每日塡記統計，其中竟有一個月走四十二萬步的健行記錄者，該公司安全環境管理室表示：「步行是健康的基本，好似『龜』般勤為步行，可以解消運動不足。」

SONY電器亦為預防成人病，增進健康為目的，去年對五萬位社員分贈計步器，最近再分贈職員配偶一七、〇〇〇個。富士軟片的健康社亦以腳力的衰弱會關連老化為由，對全公司職員分贈計步器激勵徒步運動。

多走路降血壓

步行愈多，體內分泌的ＨＤＬ（高密度脂蛋白）有促增加作用，這項依據是最近日本厚生省（即衛生福利部）初次的國民營養調查所顯示結果。

步行的多寡與健康的關係首次被證實。以三十歲以上男女約七、五〇〇人為對象實施結果顯示：一人每天行走步數隨年齡愈高而減少，以性別分，男性比女性多走一成，走一萬步以上的男性佔百分之二十一點四、女性則僅百分之十二。行走步數與血壓關係是，步數愈多會有使血壓降低傾向，例如，一天行走二千步未滿者最高血壓是男性一四四、女性一四五，相比步行一萬步以上者，最高血壓會降至男性一三四、女性一二九。

其次對人體有益的ＨＤＬ膽甾醇在血壓中的量亦因行走步數頻繁而愈多，二千步未滿者在血壓一〇〇㎖公攝中，男性是四七・六公攝，女性是五三・七公攝，超過一萬步者因為男性是五三・八公攝，女性是五九・八公攝。

尚有更妙的是向六十歲以上男女三、〇三三人詢問而回答：行走步數愈多者，每天「便通」亦愈順暢的結果出現。

看來現代人生活在繁華社會中的中老年人，應為自己健康而適宜放棄搭乘交通工具的機會，勵行徒步能夠做到隨身攜帶計步器，「日行萬步」則更符合健身理想需求。

保護骨骼喝牛奶

老人每天喝牛奶與不喝兩者比較，身高縮短和骨骼強健度有明顯的差距，這是根據日本東京都老人綜合研究所護理學研究室七田惠子主任調查而了解。

這項研究調查對象以東京都老人養護之家，收容的六十一歲至九十三歲的健康老人男性八十三人，女性九十九人，計一百八十二人。

牛奶喝法分三種，男性「一週喝兩、三次」為百分之六十最多，「每天喝」百分之二十四，「不喝」百分之十六。而女性卻差距不多，「每天喝」百分之三十八最多，其次「不喝」百分之三十一，「一週喝兩、三次」亦有百分之三十。

七田主任再根據最近五年期間檢診記錄，研究身高的縮短（矮小）數據，男性是「每天喝」平均一・七五公分，「一週喝兩、三次」二・五二公分，「不喝」三公分矮小。女性「每天喝」二・七一公分，「一週喝兩、三次」二・九三公分，「不喝」三・九三公分矮小。其次骨骼的強健、粗壯、密度等亦喝牛奶愈多功效愈好。

七田主任呼籲：牛奶含有豐富的鈣質，一般老年人普遍鈣質的攝取量有嫌不足，如能養成天天喝一大杯牛奶的習慣，對維持健康及強壯的骨骼均有很大好處。

咖啡與宿醉

每天喝咖啡的人，如果停喝會發生頭痛等獨特脫離症狀。

美國喬治醫大的羅蘭圖・格里費斯博士，最近在「新英格蘭醫學雜誌」發表的研究報告指出：

實驗美國人平均每天喝兩杯咖啡的十八至五十歲，健康的六十二位男女志願者為對象。咖啡或紅茶等含有咖啡因的飲料或食物，禁止攝取而替代，每天兩次呑食同樣分量的咖啡因藥丸為A組，或同樣型體的藥丸而不含咖啡因的偽藥丸為B組。

其結果不含咖啡因的偽藥丸一群，卻發生百分之五十二頭痛現狀，與呑食咖啡因藥丸一群發生百分之六頭痛，差距相當大。

如此脫離病狀會在咖啡停喝後十二至二十四小時內開始，二十至四十八小時後達到巔峰，而連續一週。

因此格里費斯博士忠告：要求患者停喝咖啡時，以指導宜採取漸進式方法減喝較為理想。

常曬寢具健康好

最近連日綿雨，屋裡濕氣很重，有時反潮而牆壁、家具會冒出水滴，隨而搬出除濕機大派用場，亦因僧多粥少，功能有限，確讓人煩惱。

寢具有羽被、羊毛被、棉被或毛毯，床墊亦有褥被與棉絮墊，還加上枕頭、抱枕等，這些成為寢具主流。睡眠中的人體，一夜之間會散發一小杯水分，木棉被比較會吸水分，因而濕氣最多，寢具的濕度能奪走人們的體溫，並成為霉氣或壁蝨的溫床，因此在雨季中遇到好天氣，必須搬出棉被在曬台晾乾。

羽毛被、羊毛被或被套也會吸濕氣，仍須乾燥。床墊亦應經常用吸塵機吸去灰塵，用棒子彈打，棉絮墊則掛在外頭曬曬陽光，拍打存積的灰塵，如寢室能曬到陽光，毛毯羽毛被、棉被等仍應掀開來晾晾，剛起床的房間濕氣含量也較多，應打開門窗換換乾燥空氣。曬被須在好天氣的上午十時至下午三時，陽光最強時做，太晚收拾曬乾的棉被還會吸濕氣進去，而抵消曬被功效。

小心！悄悄向你靠近的心臟病

——工作勞累生活緊張易產生心臟病

心臟病在臺灣省七十九年度十大死因排行第四（①惡性腫瘤，②意外，③腦血管疾病），在日本則僅次于癌症而被列第二位。因近年來飲食生活的急遽變化，尤其脂肪攝取量顯著增加，加上工作過度勞累、生活緊張等種種因素糾纏在一起，造成衆多「心臟病預備軍」這種病症在初期毫無感覺，至心臟跳動稍怪時，病症已經有相當程度的進展。是否有心臟病？最為要緊是，自己平常應小心查對，以做早期發覺預兆加以治療。

最近在日本廣傳一種，能自己簡單判定的心臟病危險度查對表，該表原先是美國學者考察而被廣泛活用。查對表全部有八個問題，由各題答案分數推算，合計其分數而了解心臟病危險程度。

合計分數在：①十一分以上者對心臟病的危險程度較多，須向醫師求診。②七至十分者不宜超量喝酒。③〇～六分者可免擔心。

埼玉縣保健所於去年利用查對表，向轄區住民實施民意調查，結果二、五三一人中有心臟病危險者百分之四點二，日常生活需要配合改善者百分之十四點三、免擔心者百分之八一點五，但是免擔心者對飲食生活亦應有小心節制必要。

一般容易患心臟疾病的條件是高血脂症（血壓中有中性脂肪、膽固醇等脂肪含量高的狀態）、吸煙、高血壓、糖尿病、緊張、遺傳等。

東京女醫大成人醫學中心木全心一教授警告說：「最為危險因子是膽固醇，根據調查日本二十歲以下的年輕人膽固醇值比歐美國家為高，等於今後比美國較有狹心症、心肌梗塞等心臟疾病的危險性多。」

※　※　※

心臟病對表

①你以前患過糖尿病麼？（是—三分）。

②你以前患過心臟病麼？（是—四分）。

③家族內患過心臟病的人有麼？包括祖父母、父母、伯叔父、姨媽、兄弟姊妹等血緣關係者（是—四分）。

④血壓收縮壓（高）在一五〇毫米汞柱以上、舒張壓（低）在九〇毫米汞柱以上者（是—五分）。

⑤現在有吸煙者或五年前有吸煙過者（一天不超過十支—五分、十～十九支—六分、二十支以上—七分）。

⑥你的膽固醇（choles terol）值有多少？（二二五～二四九—三分、二五〇～二九九—

五分、三〇〇～三四九—六分、三五〇以上—七分，單位mg／dl）。

⑦你的中性脂肪值（TG）有多少？（一五〇～二九九—三分、三〇〇以上五分，單位mg／dl）。

⑧以下列計算方式，算出你的肥胖度（在百分之十五以上者—三分），體重減標準體重乘一〇〇＝肥胖度％。

※　※　※

※標準體重＝身高減一〇〇。

（體重－標準體重）×100＝肥胖度（％）。

走！到大陸看病去

日本東京女子醫科大學，今年三月開設使用針灸或漢藥治療的東洋醫學研究所。日本醫學界重視漢醫時機成熟漸為普遍，但正式漢醫治療機關尚缺，因此透過駐在員介紹門路，前往大陸治療慢性病患者大有人在。

一方無門路者亦以「現地做漢藥治療」為名義，組團旅遊，在大陸尚無法做治療行為，僅只走馬看花，繞過大規模漢藥舖或漢醫治療院所，則返回日本，而抱怨者甚衆。為補救無門路者亦可以放心接受中國傳統醫療，而專門向日本人開設的諮詢機構乘興而來。

上海市龍華醫院是其中之一，該院雇有會說日語幹部，在東京開設連絡事務處，處理希望住院患者有關事項，而頭一年已有一百位左右日人接受治療實績。

治療方法是服用漢藥或針灸、推拿氣功為主，並依「醫食同源」思想，併用飲食療法及呼吸法等，由中國專科醫師主治治療，護理或生活輔導等醫療服務則由中日混合幹部擔任。

住院治療以十天為單位，個人房利用者連同住院費用包括診察、基本治療、翻譯等在內，每天約需兩萬日圓（折合台幣約五千元）。

美國成人失眠高達三分之一

美國蓋洛普民意測驗，最近以美國人一千人為對象，實施的民意調查，結果了解美國成人大約三人中有一人，夜間為失眠而煩惱。

患有慢性失眠症者，均因白天工作的壓力而緊張或疲勞等原因造成。失眠造成交通事故頻率，卻比正常人高出二點五倍。失眠而求助醫師診療者僅祇百分之五，而極大部分是臨睡前靠少許酒類或藥物幫助入睡。最妙是失眠時訪問鄰居或友人聊天片刻，睡意就會來的奇特症狀者，十人中佔有一人。

想戒菸先克服食慾

抽菸者的肺癌發生率為不抽菸者的約四倍，喉部癌則約二十倍，因此不抽菸是最好不過的。但是問題是常聽到戒菸的人士訴苦「戒菸後肥胖了」，中年以後極端發胖會威脅壽命，確比抽菸還可怕。

戒菸與肥胖關係腦部的食慾中樞之說較為有力，空腹時抽菸空腹感會消失。因為尼古丁從副腎分泌腎上腺素，使血液中增加糖分，結果食慾中樞誤認嘴巴裡進了食物，而打消空腹感的原因。

戒菸而有空腹感時常食用零食而造成身體發胖，在美國應用此一原理為控制體重限量飲食，而用抽菸的方法被運用產生效果。

吸菸經驗者年輕化

日本吸菸經驗者在小學一年男生有百分之十三，國中三年男生兩人中有一人。

最近在日本千葉縣舉開的日本全國教師聯合會年會中，就中小學吸菸問題實態被提出報告。

沖繩縣讀谷村的小學輔導教師，於去年十月就村內中小學七校學生約四、四〇〇人為對象做吸菸經驗調查，其中小學一年男生有吸菸經驗是，二六一人中有三三人，國中三年男生二四〇人中達一一六人之多。

吸菸的動機是小學一年「被誘」是大半，隨著上年級則有「好奇心」、「情緒不好」的回答頗為顯眼。

吸菸後小學生則有四五人中有二七人表示：「好苦」，而國中生卻依序表示：「沒有什麼」、「好苦」、「會鎮定」。

調查的輔導教師表示：「香菸對兒童或青少年細胞有不良影響甚大，沒有受過菸害教育的成人的無所謂吸菸，卻被小孩們當做榜樣。」

胖子注意：吸菸不一定瘦

該項調查答以「有吸煙」的男性百分之五十六點一，女性百分之九點四，日本香菸公司實施的吸菸調查，去年是男性百分之六十一點一，女性百分之十二點七，比較起來稍微降低。以歲層分析：男女性均以三十歲層為最多，男性百分之六十二點六，女性百分之十一點五。其次吸菸與肥胖關連，上腕部與肩硬骨的皮下脂肪厚度加起來，男性四公分、女性五公分以上者設定為肥胖者，做為有無吸菸的關係做調查。

據調查「不吸煙者」是男性百分之十四點七，女性百分之十八點四、吸菸者以一日吸多少支分類：男女均增加吸菸支數。肥胖者的佔有率提高，尤其男性的傾向明顯。「吸菸者吸多少支而成為肥胖？」或者「肥胖者吸菸的多」不太明顯，但確實老菸槍中肥胖者佔多數是事實。

另一面男性「一日吸三十支未滿者」、女性「吸十支未滿者」，比非吸煙者肥胖率有下降現象。

日本國立公衆衛生院生理衛生學部大久保部長表示：「適度吸菸者肥胖少」的結果在數字上亦顯示出來，吸菸提高代謝作用，而減少味覺、嗅覺，也會鈍化減低食慾，因而適度吸菸者，肥胖少有其道理。但吸菸支數增加，肥胖者亦會增多，原因是否與生活習慣的問題或尼古丁的量有關，還需要更綿密的調查才會明瞭。

二手菸比自己吸菸更糟

英國每年有四萬人患肺癌死亡，其中自己吸菸或因他人吸菸影響而吸進所謂「二手菸」的人，患肺癌死亡也有三萬人。這項數據是英國皇家癌症研究基金會等五十家主要醫療機構與醫療基金的專家所做調查結果。

「二手菸」與健康為主題的這項調查，在英國算是大規模，關心者期待根據調查結果，要請政府製定公告場所或工作場地禁菸法令，來防止吸菸帶給人類的浩劫。

據調查：大氣中所排出吸菸的煙含有多項化學物質，其中約六十種有致癌性，吸菸者直按吸吐的煙（主流煙），與吸菸時點煙燃燒時發生的煙（支流煙）雙種成分幾乎相同，但支流煙比主流煙在阿摩尼亞、一氧化碳、尼古丁等有害物質的密度為高，無吸菸習慣的人間接吸進有害煙十分有害健康。

「二手菸」與肺癌的關連有力證言，過去曾屢次被提出，而此次再經整理證實無誤。

「二手菸」也會引起各種疾病，如幼童的支氣管炎、肺炎、肺機能衰弱等呼吸關連病症的直接原因，還會引起氣喘或中耳炎。吸菸者的孩子經醫院診斷確定，患肺炎或支氣管炎機會竟比不吸菸者的孩子高出百分之五十。另一說：暴露在二手菸環境中的孕婦生產的嬰兒，比不吸菸家庭的嬰兒體重較輕，可知吸「二手菸」後果有多可怕。

吸菸的可怕後果

美國社會對禁菸之嚴厲態度是超乎我們想像之外的，有些老菸槍不敢在大庭廣衆下吸菸，好似犯罪者一樣躲在人煙稀疏處，很痛苦的吸菸，在旁觀看還是怪可憐。

但是香菸對健康有害是鐵的事實，一九八五年一年間，有三九〇、〇〇〇人為香菸而死亡，這個可怕的數字確實會讓全世界的人大吃一驚。

這個數目是美國聯邦政府公共衛生局日前發表：在一九八五年全部死亡者，六人之中有一人的死因與吸菸有關。舉例指出，腦溢血死亡者大部分和吸煙有關。吸菸也會引起子宮癌比率有關，女性吸菸者的增加，致一九八六年以後，女性癌症死亡者之分析，肺癌超過乳癌上升而佔首位。其次男性吸菸者與不吸菸者比較，有可能多至二十二倍患肺癌而死亡。

公共衛生局在二十五年前大力宣導吸菸害處奏效，美國吸菸人口減少四千萬人，惟現今尚有五千萬人，不顧生命之威脅而吸菸。

相反香菸製造業界表示：「吸菸給政府繳了數百萬元菸稅，還要在怕旁人看到的地方偷偷吸菸，不僅如此，部分大企業主管還警告所屬從業員，在公司不准吸菸，回家後也不吸菸，以免家人吸二手菸，並期早日戒菸，這樣對待吸菸者是不公平的。」但是反論的回響是有限的。

在禁菸運動中，將吸菸對健康之害處，會得到癌症的可怕後果，作為主題，訴求大衆注意並警戒吸菸者收斂戒菸。

日本人愛喝夫妻酒

日本經產消費研究所向東京及大阪的男女成人六八八人爲對象實施的調查分析：「夫妻倆在家喝過酒嗎？」得到的答案是一週一次以上在家享受「夫妻酒」的人是全體的百分之四十九，而年齡層並無太多差異。

喜歡喝「夫妻酒」的女性佔百分之六十二、男性也有百分之五十一，而且在年齡層上看，四十歲層的女性高達百分之七十最愛這樣的恩愛氣氛的享受。

在家喝「夫妻酒」的種類：男性是①啤酒、②威士忌、③清酒；女性是①啤酒、②威士忌、③葡萄酒的順序。

既婚者為對象在家喝酒次數：每天喝百分之十五、每週數次百分之三十四、每月數次百分之十八、年數次百分之十八、都沒有喝過百分之十五。

年齡層：三十歲層喜歡百分之五十四、喝不喝無所謂百分之三十七、不喜歡百分之九。四十歲層喜歡百分之六十四、無所謂百分之三十一、不喜歡百分之五。五十歲層喜歡百分之五十五、無所謂百分之三十三、不喜歡百分之十二。

令人最感意外的是，日本喝「夫妻酒」，大多是由女性主導。

開懷痛飲胃口驚人

日人視酒如命，去年年間每人痛飲啤酒一〇七·三大瓶，清酒、燒酎十二特大瓶，其餘洋酒尚不計其內。日本國稅廳日昨發表一九八九年酒類消費量白皮書，去年一年間日人胃口奇佳喝去八七六萬千升（註：一千升等於一·〇〇〇公升，一公升等於一·〇〇〇CC〇二八）。生活姿勢的變化而葡萄酒或白蘭地酒的消費大幅成長，相反因酒稅法改正而影響國產威士忌酒、燒酎銷售大幅降低、酒類全體消費量的好景氣反應全國人民年間喝了八七六萬千升，打破過去最高記錄，而繳入國庫的酒稅竟達一兆九千億日圓之鉅。

據白皮書指出：國產酒比前年成長百分之三，進口酒成長百分之四二點一，成人平均每人消費量九七點三公升，一年間痛飲啤酒一〇七、三大瓶、清酒一升特大瓶（等於大瓶啤酒三倍）八點七瓶、燒酎三點三瓶特大瓶的計算，消費量種類別分析中指出，競爭最熾烈的啤酒依然好景常在，銷售六一一萬五·〇〇〇千升，佔酒全體百分之六九點八，其中進口啤酒佔七成。葡萄酒十三萬二·〇〇〇千升，成長百分之一七，在食生活西風化，女性飲酒人口增加，健康志向的低酒精飲料需求殷切之影響所致，白蘭地酒成長十四·七，銷售四萬五〇〇千升、威士忌酒成長百分之十八，進口酒佔五成。

各類酒品大幅成長當中，國產清酒與燒酎銷售卻均減退百分之〇點五與百分之七點一之弱勢。日美貿易協談而開放酒類進口產生後遺作用，此類統計或銷售現象在我們中華民國台灣未知如何？

第五篇　安養銀髮族

老爹娘希望獨立

在台灣，高齡社會將來臨，其生活、居住、福利等問題愈來愈成為社會或其子女間的掛念，目前台灣尙無高齡者心態調查之活動，所以借鏡鄰近國家日本之調查資料，看看老人們的想法又如何？跟兒孫同居，還不如分住為好——日本住宅金融公庫所做的住宅民意調查而了解首都圈高齡層之意識。該項調查是去秋向東京都與周邊之埼玉、千葉、神奈川三縣所住五十歲以上的三千人為對象的調查結果如次：

「健康時跟兒孫同居」佔百分之二〇點二、「希望在鄰近分住百分之三〇點二」身體變壞日常生活有不便」時仍有同居百分之三一點七與分住百分之三八點七，希望分住佔優勢的狀況讓天下為人兒女者感到意外與無奈。

是否要依靠兒女援助的問題：回答「可能或一切不依靠」百分之八七點七佔壓倒的多數，八十歲以上亦有百分之六五點四，希望經濟的自立，是否日本人性格倔強或社會福利對高齡者有優厚年金已夠老後生活？事實上日本為世界第一的儲蓄國，民衆勤儉成性每人皆有一大筆儲蓄金，加上年輕置產之房地價値膨脹狂飆，不依賴兒女支援，老後生活亦過得去的想法？或一生拚命苦勞，老後盼與老伴過著舒適安逸生活享受一番？

因此可了解都市生活的意識，為同居而必須設置的房間，回答平均是五點五間，依構造換算是四套房或五套房。在東京都內算是一億房屋之類，對大面積寬大住宅難求的首都圈，是否高齡層盼望獨立生活之原因。

日本老人愛自殺

日本警察廳日前發表一九八九年自殺人數為二萬二千四百三十六人，成為二次大戰役年間最高記錄，而六十五歲以上自殺人數亦四年連續創新記錄。病痛而自殺者約佔半數，酒精依存式精神障礙約二成，均是過去最高記錄，較為顯著的案例是照顧久病不癒的老夫老妻疲勞不堪之後雙雙自殺增多。在豐富的物質生活中，高齡長壽人口問題漸成嚴重化。自殺人數超過交通事故死亡人數兩倍，最近十三年間一直維持兩萬餘人數目。如以年齡別分析：六十五歲以上是六、二五八人為最多，其次是五十歲層四、二九六人，四十歲層四、二〇二人，三十歲層二、八六五人，六十歲以上佔全體三分之一強。少年自殺是五三四人，自一九七八年以降最少者，六十五歲以上者增加外，餘均減少一成。

六十歲以上高齡者自殺的案例中，有照顧瞎了眼的老妻，自己也病倒的老夫須往住院當天夫妻同時自殺。還有一例是九十歲的丈夫為看護九十一歲病妻一直嘆息年老生活乏味而雙雙自殺等亦有十一個案件。

特提心心相印自殺案是分別在不同醫院住院的八十一歲與七十歲的老夫老妻留了「我的病好不了啊」遺書在病房後，回到自宅雙雙自殺來解脫人生苦海的案例亦有。

高齡者生活得如何？

財團法人「日本慈善協會」的「高齡者生活文化研究會」最近針對日本老人，進行衣食住行娛樂等多方面的調查，本文列舉其中較有趣的十五項，以供明瞭他們生活實態：

⑴一個月的零用錢：平均男三萬六千日圓、女三萬八千日圓（折台幣約九千元）。

⑵零用錢用途：①旅行、②嗜好、③交際、④購買食品．衣料等。

⑶關心遺產繼承問題的男性百分之五十二、女性百分之四十二；已留有遺書者男百分之七、女百分之六。

⑷服裝：平時在家中的服裝，女性穿洋裝百分之八十九、傳統和服百分之八，男性穿西裝百分之四十九、休閒服百分之三十五。

⑸喜歡的餐式：日式百分之八十三、中華式百分之三十六、西式百分之十六。

⑹常喝的酒：男①啤酒、②清酒、③威士忌、④白蘭地，女①啤酒、②清酒、③梅酒。

⑺住宅：住獨棟附庭院者百分之八十三，但其中仍有百分之六十五不滿，嫌太舊者百分之三十一、太窄者百分之二十五。

⑻家電製品的保有率：①大型彩視百分之五十六、②錄影機百分之三十二、③鋼琴、電

子琴百分之二十、④電唱機百分之十三。

⑼為健康做的活動：①年休百分之五十、②散步百分之三十九、③球類百分之三十五、④量血壓百分之二十。

⑽擔心成為痴呆症：男性百分之三十四、女性百分之五十九。

⑾對死亡感覺恐懼：「時常」、「偶爾」合計百分之三十。

⑿嗜好：①旅行、②讀書、③園藝、④球類。

⒀國外觀光經驗：超過百分之四十四，去過的地方，男性：①台灣、②香港、③夏威夷，女性①夏威夷、②香港、③台灣。

⒁自願參加社會服務工作：男性百分之七十二、女性百分之六十一。

⒂對老人喜歡之稱呼：男性①高齡者百分之四十三、②老人家百分之二十五、③老年，女性①老人家百分之三十一、②Silver（銀色）、③高齡者。

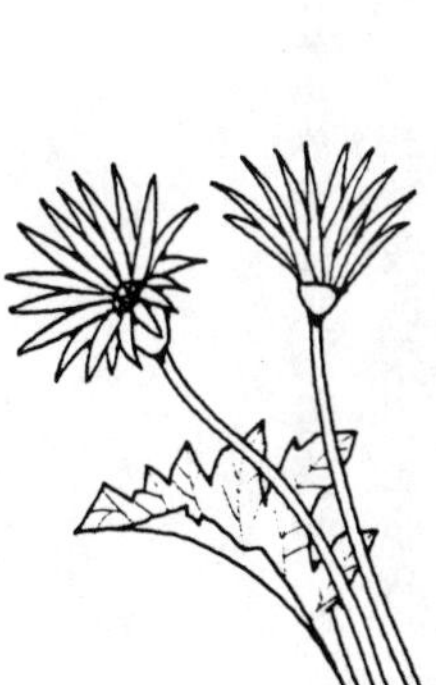

百齡人瑞要進空中大學

日本第一高壽，現年一百十二歲的藤澤蜜老太太，決定進入空中大學進修。

這項消息是日本空中大學東京第二學習中心所長平澤彌一郎教授透露的，他為「保健」問題，於日前往訪老太太處交談時，她表示：「平常喜歡看電視，如果看電視也能夠學習進修的話，是很有意義而且是快樂的事，學習用功是沒有年齡之分……。」

有一天，與老太太長野同鄉的空大平澤所長（專攻保健體育，因研究人的腳底與健康關係而著名，被稱為「腳底博士」），往訪這位全國最高齡人瑞，以便了解她生活狀況及健康問題。老太太在交談中，決意入學空大並商請平澤教授給予協助。

皇天不負苦心人，藤澤老太太終於辦妥入學的一切手續，而報名受講的科目是平澤教授的「保健體育」。在日本空大分「全科履修生」與「選科履修生」兩種，她選擇「選科履修生」，每週上課一次四十五分鐘，其學習特定主題應於一學期內收視電視上課。

日本政府厚生省（即衛生福利部）於每年九月間發表全國長壽者排行榜，三年連續全國第一名的藤澤蜜老太太，是經新聞或電視介紹，亮相給全國的著名人物，她於明治九年（一八七六年）四月十二日出生，自幼家貧，沒有機會接受學校正規教育，而為生計步行各地區行商，因此她以未能嘗到當女學生的滋味而引以為憾。她現在與七十歲的媳婦「綠」、四十二歲的孫女「朝子」及曾孫等七人一起生活，家屬都異口同聲表示鼓勵老奶奶上學，並先給予必要的協助。

老太太現在健康情形，除腳部稍有神經痛外，尚有輕度動脈硬化與胃弱的小毛病，惟每日獨行醫院做復健治療，美容院洗頭，按摩臉部或往公共澡堂泡泡熱水等，在生活方面每日自己獨步醫院與熟識的人或護士小姐聊天，感覺無比快樂。在家也閒不下來，會做衣服，家具的修補等。最喜歡吃的食物是生魚卵攪拌乾飯或酸梅干煮的稀飯，晚酌以燒酎（米酒）為樂，最近已經停止，很喜歡曾孫買回的小甜餅。

日本空中大學申請入學，能否通過，應候至明年二月中旬，開學是四月初。空大一年有兩萬三千人上課，其中選科目的履修生，編制是一萬人，應徵者不會這麼多，因此老太太的入學應該沒有問題。空大學生以前最高齡記錄是九十三歲的原大學教授男士，藤澤老太太將成為空大的世界最高齡學生。

九十八歲老學生獲殊榮

——二十五年一天都沒缺課

日本專修大學設在東京近郊川崎市，以地域住民為對象的夏季公開講座結業典禮中，有位九十八歲老翁林檢治，日前榮獲名譽文學士頭銜。

二十五年前，當時七十四歲的林老先生參加夏季公開講座，重新當起學生，連續二十五年沒有一天缺課，專心聽講，他認真的學習態度，感動了教授會議，而獲頒贈特別學位。

林老先生在七十四歲太太去世時，辦完喪事後搭乘電車回家路中，看到「夏季國文學公開講座」的廣告，而頓時想實現有文學嗜好的亡妻的願望，而報名聽講。

林老先生是山口縣人，畢業於早稻田大學專門部政治經濟系，後來當過企業職員、村民代表，到了七十三歲自經營餐廳的崗位上退休。

講座是每年七月後半開，每天上課兩、三小時，林老先生愈聽愈起勁，他雖然耳朵稍差，需用助聽器，健康情況卻極佳，每次聽講都坐在教室的最前排中間，熱心寫筆記，並常向教授提出問題，課餘時也與年輕同學交換學習心得，或聚談生活經驗等，過得愉快無比。

老奶奶上小學

住在日本東京都澁谷區的銀山菊江老太太現年七十歲，自幼家庭貧苦生活相當困難。家裡有體弱多病而整年躺在床上的母親，及放蕩閒散無所事事的父親，而且弟妹都是身體發育有障礙。為幫忙家事自己的上學亦時續時斷，因此功課趕不上同班同學，在學校亦遭受部份同學欺侮，終至四年級輟學在家專管家務。戰後於二十九歲結婚，但生活方面一直無法改善，丈夫患肺病，孩子又不長進，菊江在電影院謀得清潔作業員工作，以有限收入維持家計。

雖然如此悲慘黑暗的人生，終於一道光芒出現，東京奧運（一九六四年）那年為丈夫病情向澁谷保健所保健員塚原洋子請教，塚原小姐很誠懇交談並照顧，讓菊江初次受到尊重與關懷而感覺社會的溫暖，後來塚原小姐又介紹退休女教師指導菊江讀書寫字等功課，這是她四十五歲才開始享受到讀書的樂趣。

菊江表示：「學習漢字後漸漸感覺有了自信，做人要有鬥志、生活才有意義，同時為小學中途退學無奈與後悔。」想通之後與母校上原小學連絡，校長中田良平及教務主任塚田亮均甚同情感動，並允隨時到校，參觀教學或旁聽，而且於上個月校運時邀請她參加。

現在菊江經常到校學習漢字，聽聽喜歡的課目，並表示：「學習生涯是很重要，讓老人家充實自己，活得更有意義。」中田校長說：「菊江老太太再入學選修是無法頒發畢業證書，想用替代頒給努力獎以示激勵，她的好學不倦精神，可做衆多小朋友的好榜樣。」

新老人與海

日本大阪「週日釣週刊」現任社長兼總編輯小西和人，現年六十一歲，他處理這麼多魚類標本剝製又保持如此完美壯觀，確實不容易，他曾在南美洲亞馬遜河釣魚時載運冰塊保持魚獲物的鮮度，以便剝皮的豐富經驗。

小西還少年時在德島縣故里吉野川釣小小的鯽魚開始，孕育他對釣魚的興趣，而決定他往後以撰寫釣魚文章為終身職。長大後在東南亞、南美洲、南太平洋等二十二個國家著名的釣魚場曾留下他的腳印，他每年大約有三分之二的時間花在釣魚，並經常以他博學的自然科學素養、豐富的魚類習性知識與野外生活經驗，選寫生動而有趣的報導文章回饋衆多的讀者，如不斷泉湧的文思，使他當了長年新聞記者，一直到四十九歲才辭去報館差事，自辦釣魚雜誌至今，博得日本全國廣大釣魚愛好者的敬仰與愛戴。

當他被詢問到喜愛何種魚時，似乎覺得有些難以回答，因為釣到的魚往往不是經常存在腦海中所喜好引誘他的種類。他最近以尋找秘境釣魚為主，例如，巴西的「卑拉路哭」魚長一・九〇公尺、重八十六公斤，還有太平洋馬里亞納群島中塞班島的魚，都是超大型珍魚，而且釣得相當過癮。他正為下一個超大目標的珍魚而大傷腦筋，那是位於中國大陸新疆「哈那思湖」裡才有的長十公尺、重一噸的「依東魚」，其釣魚申請案件已經獲得當地政府的核准，也許目前已上途跟大魚格鬥之中呢！

四分之一的日本老人會患癡呆症

日本統計，七十歲以上老人在死亡之前，四個人當中，有一人是躺在病床一年以上，患有家族與外人都無法辨識的癡呆症。

這是日本厚生省（即衛生福利部）去年的老人人口調查，探討七十歲以上的死亡者（除事故、自殺）生前的狀況、診療狀態、死因而得到的結果。

死亡前，全未躺病床者佔百分之十二點三，躺在病床上一個月未滿者百分之十九點一，一個月至半年未滿者百分之三十一點七，半年至一年未滿者百分之十點五，一年以上百分之二十六點五，足見四人中一人是躺在病床一年以上。

癡呆症的狀況如下：對於剛吃過飯或剛說過的話都會忘記者佔百分之十八點五、日常生活慣去的場所亦會忘記或會迷路者百分之十五點四，家族與外人都無法分辨者百分之十二點一，連自己的名字與出生地都忘記者百分之八點一，有以上任何一項症狀者佔全體的百分之二十三點七。

爺爺學做菜可防癡呆症

很多老先生退休之後，變得很愛動手做家事，像釘釘木板、做菜，孫子圍在一旁帶著崇拜的眼神看著爺爺，委實能帶給老年人一些難得的成就感。

日本東京「白井學院」院長白井美津子，就為此開了一家「爺爺烹飪教室」。老人進廚房，據專家指出，不只可以防止癡呆症，又可以增加跟老伴聊天的機會，有助於生活情趣。另外，因為老人吃的菜屬於低熱量的淡味，可以因此促進家庭成員的健康。

爺爺烹飪教室教的菜除了日本料理，還有西餐、中華料理。一個月上課一次，學兩、三道菜。學生從六十一歲到九十一歲，約有二十位，他們互相學習、互相品嘗，其樂融融。而且在朋友都不在的寂寞年齡裡，還能交到一些年齡相依的老友，更是一件人生樂事。

第六篇 企業掃瞄

能力薪掛帥

日本醫藥品業最大企業──武田藥品工業，決自一九九三年三月廢止課長以上管理職的「房屋津貼」、「眷屬津貼」與「職務加給」三項津貼，替代以工作責任或過去業績為依據的能力薪制度。

從前的各項津貼在責任與關係淡薄，而傾向生活給較濃厚，並不容為能力主義職責的想法，因此對管理職者降低生活給亦無礙，而被判斷廢止。武田的職責制度是承辦經手金額，個人對公司影響度等，管理職工作內容分五階段，以責任程度核定薪餉做法。同樣職務的課長或經理，亦依工作責任有薪餉差別的能力俸成分較多。

自己職責中目標是，跟上司研商後設定，並注重公司內部活性化。

現在支給「房屋津貼」是有自有房屋帶眷戶長者二五五〇〇日圓，「眷屬津貼」是有配偶者二九〇〇〇日圓，有未滿二十歲子女者每人支一七〇〇〇日圓。

廢止各項津貼的替代將支付管理職的職責津貼與過去業績核定的資格津貼，兩者合計金額佔管理職收入約百分之二十五。

因導入能力主義制度，而個別薪餉有增減可能，則在實施的前三年仍不予減薪考慮。

武田藥品森田桂社長指出：為順應潮流，革新公司業務，將老舊習慣或制度做較大幅度調整的想法是需要的，此次首創能力薪，為業界先鋒，廢除舊制度，另開闢實力主義薪餉體系，盼望有順暢改革過程與豐滿成果。

日本大企業冠全球

根據最近英國時報出版的「世界大企業一千家」一九九二～一九九三年間營業額最多前五名是日本企業獨佔，前五十家排行榜中，日本企業亦有十七家入圍。

該項調查是於一九九〇年底至一九九一年底止，除金融機構外，由英國時報獨自集計，世界性大企業的營業額。

榜首是日本著名貿易商伊藤忠商事公司，年間營業額約八四〇億英鎊（折日幣約二〇兆圓），第二位是三井物產、第三位住友商事、第四位三菱商事、第五位丸紅商事、第六位美國GM通用汽車、第七位美國埃克森石油、第八位英荷合資貝殼牌集團與石油公司相連。

前五十家企業分國別：日本企業十七家、其次依序為美國十五家、德國七家、法國四家。

日本企業十七家分業別是九家綜合性貿易公司，六家製造業，其餘是日本電信NTT（第二十五位）與東京電力（第四十位）兩家，製造業是豐田汽車（第十一位）及日立製作所（第十七位）等。

瑞士公務員愛加班

瑞士有一位國家公務員，在兩年半期間，加班兩千八百小時，領取加班費達十五萬瑞士法朗（新臺幣約兩百七十萬元）之多，成為國會質詢焦點。

再經調查而明瞭，今年度（一～十二月）聯邦政府職員中，約三萬人的百分之六，相當為一千七百餘人的加班，已超過一百小時以上的事實。

為有效控制緊縮的加班津貼，聯邦政府已重新規定，明年度起加班支給，年間一五〇小時為限。超過者給予休假抵銷，一個月超過十五小時不支給加班津貼，而加班亦應事先將加班事由簽請上司核准。

在瑞士一般民間企業的加班均以休假來做抵銷，如此次國家公務員加班事件是屬異例。

現代人一天需要二十七小時又三十四分鐘

如果一天有二十七小時三十四分鐘，則想要做的事可以做完。

日本著名的廣告業務企業「日放」，在東京銀座與澁谷街頭，向二十歲層的單身男女上班族兩百人為對象，做「有無感覺時間不足」調查，調查結果，一天有三小時三十四分的時間不足。

顯示這個年層異常的忙碌，回答「時間不足」有百分之九十七之多，不足的時間以睡眠時間八十九分鐘，運動時間二十七分鐘，看書時間二十分鐘，放鬆妄想時間十八分鐘。相反想要減少的時間是工作時間與通勤時間佔為多數。

一方不足的時間，如果能以用金錢買的話，一小時願意付若干的問題，回答平均是兩千三十四日圓（折台幣約五百元）。

日人多為賺錢機器

在企業界服務的日本人，因勤勉成性而被譏為「賺錢機器」。

在一九八八年每人年間總實勞動時間為二、一一一小時，與歐美先進國家比較，超過二千小時者，祇有日本一國，因此，日本政府訂於一九九二年前，將勞動時間短縮至一、八八〇小時為目標。

目前實施週休兩日制的大企業約有百分之九三，但是從業員百人以下的小企業卻僅百分之四十二，成為勞動條件有雙重構造現象。惟一般企業因景氣擴大，殘業加班情形頗多，在從業人員心態上，以正常服務時間外加班賺取額外所得傾向也很普遍，年間加班時數約二百小時。

年中有給休假，每人平均有十五・一天，卻以業務忙碌，而實際所休的天數約為七・六天，祇消化百分之五十，企業界有普遍人手不足而有做不完的工作，加上部份人以喜歡做工作來表現的工作狂，雖有給休假仍無法享受的矛盾現象。

一般上班族的給與，分月餉與年兩次獎金，獎金本來是以企業業績情況而支給的獎勵，含利益分配性質，目前卻為生活補助色彩較濃，變成年間的定期給與的一部份。月餉與獎金的比例是約三：一。定期升給是每年一次。

據家計調查報告：稅捐、公勞保保費的提高或住宅貸款分攤額，上班族的家計出現漸有下跌傾向，尤其薪餉所得者的稅負擔由薪水中扣除徵收，與自營業者或農家比較確有不公平，而遭受廣大上班族非議不滿的反應。

日本大學生最愛的企業排行榜

在日本最受大學生歡迎企業，是就業時不問出身大學校名的新力公司，在採用報名表內，刪除「畢業大學校名」欄，而以「實力主義」試辦升遷制度，並且分發工作時，能選自己喜歡職種，獲得年輕人共鳴讚揚。

今年五月間，著名的「日本就業調查資訊社」，向將於明春畢業的全國公私立大學男生一〇、九四八人做民意調查，以自己喜歡的五家公司名稱連記式回答，其排行榜是：

文科系：①新力、②東京海上保險、③全日空輸、④三井物產、⑤三菱商事、⑥三菱銀行、⑦日本電信、⑧日航、⑨松下電器、⑩伊藤忠。

理科系：①新力、②日本電氣、③日立製作所、④松下電器、⑤東芝、⑥富士通、⑦三菱重工業、⑧三菱電機、⑨川崎重工業、⑩豐田汽車。

美國活用俄羅斯金頭腦

在電氣通訊的領域中，被譽為世界最高水準的美國ATT貝爾研究所，最近為活用俄羅斯的研究頭腦與技術，將與俄羅斯科學協會一般物理學研究所簽署研究合作協定。

其內容為貝爾研究所，自六月起一年間，就俄方光纖維研究領域中，網羅的一百位研究者或技術者的薪水、研究費、研究設備費或必要時前往美國洽商的旅費等均由美方負擔。

貝爾研究所的物理學研究所是諾貝爾獎金得主福樓賀羅夫博士為所長，包括多彩的研究頭腦陣容，尤其高張力光纖維領域中，是領導世界。

將來俄方有研究成果時俄方自用外，其餘均屬貝爾所有，因此，事實上有關世界光纖維領域研究成果將由貝爾研究所獨佔場面。

大家來挖蘇聯財——日本聘用舊蘇聯飛行員

舊蘇聯的崩潰，冷戰的終結，俄羅斯的獨立面臨其國內經濟停滯，而成過剩的飛航員，何去何從？

俄羅斯運輸省洽請日本航空酌用俄方剩餘飛航員一案，因而日方最近亦派遣訓練飛航專家，赴俄調查適合人員。

為飛航員不足而煩惱的日航，亦認真考慮，並於今年度三次做現地調查，舊蘇聯國營民航，因蘇聯倒台而分割重新產生國內線航空四一～五十社，與國際線運航公司，而國內線減班，國際線亦縮小，加上値逢軍縮，空軍方面亦大量裁撤經驗豐富的飛航軍官。

今年三月訪問俄羅斯的日航專家表示：與機場塔台管制官員通話必要的英語會說，而且會駕駛巨無霸客機或尖端技術機的飛航員約有五百位，將計劃大量錄用。

原先日航亦為應付日本人飛航員的不足，已聘用若干美國人，相比之下俄羅斯人在成本上魅力較多。而且在飛航員技量方面，在國際民間航空機構（ＩＣＡＯ）的紀錄上，俄方人員有豐富飛行時間與起降次數的持有者比比皆是。

唯一問題是英語能力，要在日本服勤的飛航員，需通過日本運輸省的資格認定考試，始得執業。如先錄用而通不過考試，再施訓練是否合算，亦被在檢討之中。

職業婦女上班家事兩頭忙

東京夫妻檔上班族的主婦操作家事負擔過重——這樣的結果是經過日本大企業旭化成，夫妻檔上班族研究所向東京、紐約、倫敦三都市做夫妻檔上班族家庭生活比較調查而明瞭。

三都市主婦的家事負擔有大幅差異是在早餐準備的問題：「幾乎每日都做」的回答是紐約百分之四十三、倫敦百分之三十四、而東京卻要佔百分之九十七之高。

購買食品、日用品的問題：「幾乎每天要買」的回答，紐約百分之三與倫敦百分之十四均是數天一次多量購回儲存的傾向，相反東京佔百分之六十九是一兩天往超市零零落落購進小份量，在家事合理化的認識尚有不同的作法。

夫婦間分擔處理家事的問題十四項目調查：東京主婦負擔家事百分之七十七、紐約百分之五十九、倫敦百分之六十三，可見各地主婦的家事負擔均偏向過重，因此建議全天下為人丈夫者應體貼入微，逢機多幫太座做點家事，而減輕其負擔為上策。

這項調查以各都市帶有子女的全部工作時間就業的家庭為對象，在設定區域內抽出用郵寄或面談取得回答，樣本數量是三都市均一〇〇～一一〇人，期間是去年三月～十一月間分二～三週程度同時實施完成。

日本女人喜歡彈性上班

日本總理府日前發表關於女性就業的民意調查，發現有百分之一四・四的女性希望一直持續工作；百分之六四・二的女性希望因結婚或生產暫時離職後，仍然有再度就業的機會；另外，也有百分之一四・二的女性贊成婚後就不再就業。對認定日本女人愛當家庭主婦的中、日男性，這個數字是不小的震撼。

女性表示上班的理由是：「幫助家計」百分之四十一、「維持生活」和「取得可自由運用的金錢」各百分之三十三、「為將來儲蓄」亦佔百分之三十一。

女性對工作不滿的理由以「收入微薄」百分之四十九為最多，其次「工作時間太長」百分之三十。有百分之六十之女性盼望彈性上班，理由為「家事、育兒易照顧」、「能選適合自己時間」的則有百分之六十八。

希望對女性再就業的支援政策是：「原上班的同一企業能再雇用」百分之四十六。家務工作分擔回答中，有百分之三十九的女性表示：上班的夫妻檔誰有空，誰就應處理。

日本企業家的煩惱

早上八點鐘上班，吃午餐只二十五分鐘用畢，無私人時間是最大煩惱。以上是東京中小企業投資育成會社，所發表的日本企業社長（總經理）的日常生活調查結果。

該社是振興中小企業為宗旨的地方公共團體，專為股東而設之，以中部或東日本地區資本金一億日圓（台幣二千五百萬元）以下的三五五家公司為調查對象。公司社長年齡最年輕者二十八歲，最年老者八十歲，平均五十六歲。三人中一人是早上六時至六時三十分起床，七成以上是上午八時四十五分以前上班。用午餐時間是十分鐘至二十分鐘佔百分之三九・九，十分鐘以下百分之一三・四，平均二十五・六分鐘用畢。

在私人生活上最煩惱的事：「沒有時間」或「時間不足」佔百分之二一・六，其次是「自己的健康」百分之二〇・一，「對將來感覺不出」百分之一四・三，「為應付稅務」百分之一一・六，「與家族感情交流」百分之一一・二，「孩子的教育問題」百分之八・二，其他百分之十三。

五人中三人表示：翌日仍感覺疲倦。「想將來時」、「感覺疲勞時」、「業務不振時」等面臨危機之瞬間都有辭去社長職務的想法。當久的社長終日處在緊張狀態，並好像聽到為忙碌而嘆息「苦命啊！」的樣子。

別讓太太有做不完的家事

現今愈來愈多的小家庭，尤其夫妻檔同為上班族，家庭生活方式亦有變化，夫妻間對家事之意識觀念應該有共識，處理家事原則應該誰有空誰就先做家事。

老公絕不能存有家事是太太的工作，先生做女子家的事，有損害男性尊嚴的錯誤觀念。家事是要每一位都能做，只是做得好與壞而已，子女多的家庭其父母應該指導他們做些比較簡便易做的家事。

家長交代子女做家事能輔導以家庭之一分子有義務為家盡一點義務，做做輕便的清潔工作，抹抹桌椅、洗洗碗盤，而以培養自動自發的參與為樂。千萬不要有交換條件，幫幫家事後要給幾千元或買糖果給他們的承諾，除去物質酬勞之外，應在適當時刻如晚餐的場面，大家在的面前鼓勵一番比較好，否則以後不給酬勞就懶得做或種種理由推卸不做。

家事是家庭內大家分擔來做，不是限太太要做，如自己方法做出來不夠順暢理想，應該先行打聽太太或兄長有經驗與智慧者或其他新觀念的訊息，並用筆記有恒地記錄式剪貼下來做為日後參考。全家個個分擔家事，太太自然而然減輕工作，就不會那麼辛苦，家屬全員和氣安樂。

打破學歷萬能神話

日本著名企業——「日本電池」，最近廢止學歷與年資順序的升等升給制度，替代憑個人能力「打拼」為主的新規人事制度。

從前依據出身學校最高學歷或服務年資，做升等升給原則，卻有年輕一代以「打拼」業績來表現對公司的貢獻度，因而發生升等升給的質疑問題。

經該公司高層研討後，導入實力主義的人事考核制度，採用適材適所的組織活性化。新制底廢止分高中、高職或大專畢業學歷的升等路線，而以個人能力評價升等，同時亦廢止庶務、技術、技能等職種系統。其次不設年限，依本人希望升等考試合格者，亦給予升主管資格。為個人能力開發，各部門建立個人別「培育卡」，以分別的課題與計劃分配工作，考核其完成度記點存檔，另一方面，雖經升等考試通過，而被判斷職務能力不足以保留考試成績五年，其間仍依培育計劃，予以訓練儲備。

至於早已入社的社員，原則以現在資格職能為起點，在舊制度下，被視能力高，資格低的社員，經研討及考試的實施，予以重核適當資格做救濟措施，評價亦以職務能力的綜合判斷做為重點。該社從前的人事制度，在待遇方面偏重高年齡層傾向，經過此項重新調整後，待遇則移向年輕層，而成為各企業間或一般議論課題。

日本企業蘇聯熱正在燒

日本企業界著名廠商最近一齊起跑，前往蘇聯規劃日蘇合辦的龐大投資開發計劃，並且對蘇聯極東區域的開發事業稱為「二十一世紀最大海外計劃」，迄今年四月各企業投資開發總額，將達約一六六億美元的天文數目。日本企業界對此有濃厚興趣的原因不外是，蘇聯西伯利亞在地理上屬近距離，且有埋藏量無法正確估計的豐富地下資源與原始林。

日本現在石油來源約七成依靠中東地域，天然瓦斯仍仰賴印尼、馬來西亞、澳洲，往還航程均需數週至一、兩個月，如果近在眉睫的蘇聯極東地域能進口，日本能源狀況就發生一變。自蘇聯極東地域用管線輸送能源的實現，是長久以來確保能源安全的美夢成真。

惟在開發蘇聯極東地域有三個難題存在——。

其一，蘇聯有嚴重資金不足：兩年前秋季發生的蘇聯輸入貨款支付遲延，而影響西方各國對蘇的商務機會造成莫大損失，遲延債權頂峰過後，西方廠商亦有不敢接訂單，狀況卻尚未改善，而西方各國的融資成為回收蘇聯遲延欠賬情形。超過五百億美元的外債，今年需償還一百二十億美元的中長期債務，如果西方停止金融援助，則蘇聯無法做到借新債還舊債，國際貿易信用度會更陷入惡化。

其次是，聯邦政府與共和國、州等，地方權限尚未明確：隨改革而來的內部混亂，資源的所有權爭執頻起，聯邦政府之主張將金、鑽石等重要資源歸中央管理之規定，但俄羅斯共和國則用礦區權為擔保，向西方導入資金的策劃而成個自主張的立場，讓投資開發企業左右為難的情況。

第三，蘇聯社會資本未能配合準備：日本企業頗有興趣的極東西伯利亞資源開發，亦因當地配合準備未能提早完成，而實際做開發前必須從工人住宅等建設完成後，才能著手做開發計畫工程的情況。

日本經團連八尋俊邦副會長表示：蘇聯極東地域的開發是值得投資，西伯利亞或庫頁島的資源埋藏量是極為龐大，在距離上包含日本在內的東亞細亞各國將成為其貿易伙伴，如運至歐洲則增加成本而不合邏輯。但是現地需要準備港灣、鐵路等交通設施的社會資本。目前蘇聯國內因爭取民主改革而稍有混亂，但是蘇聯經濟潛在力量相當強，而且由相關國家的經濟援助，使其改觀是為期不遠。

音樂牧場

播放鋼琴旋律來做牧場牛群集體管理的實驗，已在日本四處畜產試驗場進行，並初步獲得滿意成果。

利用牛隻的條件反應，播放預先學習過的旋律，牛群會移動至指定地點吃飼料，這好似童話過程方法。

漸趨嚴重的農村人口高齡化及節省飼養勞力的著眼點，其效果被肯定期以兩年後成為實用化。

近畿或中部地區牧場，因地勢山坡傾斜地多而較複雜，檢查牛隻發情或放牧管理均需花費甚多勞力，而年輕者轉移城市謀生，帶來人手不足，任其荒廢會導致畜牧業衰退，因此有關試驗場著手共同開發牛隻「聲音管理法」。

島根縣畜產場以十六頭牛隻，施以十天音樂訓練，每天播放十分鐘的「春天小河流」鋼琴旋律，同時給予最喜歡吃的濃香飼料。

過一段時間，將該批訓練過的牛隻實際放牧，再播放「春天小河流」，距離音源二〇〇公尺以內，音量四十分貝以上地方的牛隻百分之百會自動集中到飼料放置地點。

鋼琴演奏「土耳其行進曲」亦被確認有同樣效果，其餘京都、兵庫、岡山等三府縣試驗場已改善擴音機的位置或架數，使其更進實用化。新年度起就牛群中選擇優秀牛隻，施以特別訓練後，混入牛群做實驗誘導全體作用，還有在牛隻頭部綁袖珍型無線電傳呼機，探其反應的方法，亦在進行實驗。

農林部試驗場主管表示，牛隻學習聲音反應的實驗成果是預想以上的佳績，以有效聲音種類或放牧地的廣泛是檢討的課題。音樂或袖珍型無線電傳呼機，替代省力管理的實驗成功，對目前畜牧戶嚴重而煩惱的高齡化及人手不足可大大緩和。

大船下水走天涯

世界各國港口貨櫃吞吐量十大港排行榜（一九九〇年），其中六港由亞洲地域港口所佔。這項數據是英國國際貨櫃運輸專門雜誌，就全世界四〇〇以上港口為對象，實施調查比較而明瞭。

日本著名海運企業——日本郵船亦調查分析：其主因為亞洲經濟蓬勃發展為背景，向歐美出口而帶動亞洲地域物資的頻繁移動所致。

一九九〇年貨櫃吞吐量排行榜的榜首由新加坡榮獲，比前一年增加百分之二十的五二二三五〇〇個（每個以底邊二十呎貨櫃換算），其次對中國大陸擴大中繼貿易的香港卻以微差之數屈居第二位，香港亦比前一年增加百分之十四的五一〇〇六三七個。

其序以③荷蘭鹿特丹、④中華民國高雄、⑤日本神戶、⑥韓國釜山、⑦美國洛杉磯、⑧德國漢堡、⑨美國紐約、⑩中華民國基隆。

世界十大港口其中六港由亞洲地域所佔，再加美國的亞洲門戶洛杉磯，共計七港是太平洋兩岸港口。因亞洲地域工業製品出口能力強盛，今後仍能維持做世界出口據點。

家庭主婦打工主力

日本總理府・總務廳統計局，最近發表一九九一年全國勞力調查，週間就勞力時間未滿三十五小時的短時間僱用者（時間制勞動者）約有八〇二萬人，其中女性佔近七成。

根據勞動部一九九〇人時間制勞動者綜合實態調查，女性就勞者的八成是家庭主婦，「以自己方便時間就勞」佔百分之五十九，「盼望縮短勤務時間及天數」為百分之三十二，「還有家事、育兒的事情」百分之二十三。

一方勤續年限是繼續在延長，一九七〇年女性時間制就勞者的平均勤續年限是兩年而已，一九九〇年是四年半，續勤十年以上亦有百分之十四之多。

另外一天的平均就勞時間是五・九小時，一九九〇年每小時平均時薪七一二日圓（折台幣約一八〇元）。

悠遊在戰火中

「遊牧民之邦」，阿富汗形象甚為強悍，但是被稱為「科智」的遊牧族群人口，僅佔該國總人口百分之十強，意外的稀少。

原屬流浪之民的男性牧人，在內戰期內，尚未被政府軍徵召充軍，因此，投靠政府游擊隊亦非常之少，當雙方戰雲瀰漫，爭於草原峻嶺之間時，科智牧人仍悠哉悠哉，繼續做他傳統放牧生活。

為尋找茂盛草地，趕著牛羊，自此地轉往彼地移動，有時陷入戰場，白天遭遇激烈戰鬪時，衹做晝伏夜出的顚倒生活。

喀布爾郊外的牧人列撒・甘表示：家人十人，家畜以羊為主，大約有兩百隻。長久的戰爭終結，族人都感覺萬分高興，但是草原或山間羊腸小徑，到處都埋有地雷，尚未淸除，因此，族人常觸雷喪身。

另一項煩惱是，駱駝價格暴跌，自巴基斯坦流入大批物資所致，原來一頭駱駝喊價四十萬阿富汗幣，目前只剩半價，雖然經濟不景氣，族人仍刻苦耐勞，拚命飼養家畜賺錢，最大願望是趕快存一筆錢，買一塊牧草地過安居樂業的日子。

工作工作……累出一身病

當今的社會生活，緊張而忙碌，衆多的上班族經年累月為公事、家務事勞苦結果，經常感覺困倦無力的男性四人中有一人、女性五人中有一人。這是日本著名藥廠SS製藥公司於去年十一月間，向首都圈住的二十歲至五十九歲男女三三六人為對象，做戶別訪問實施的「疲勞意識調查」。

「眼睛的疲勞、肩部酸痛、緊張帶來神經疲勞、感覺很嚴重」的男性百分之一五・八、女性百分之二一・一，尤其二十歲層女性特別敏感，高至百分之二九・五。

「上下班坐車時倦極，而一定打瞌睡」的二十歲層女性亦有百分之三一・七之多，而全體衹有百分之一〇・四。

其次「疲倦時的反應，不讓他人看見」全體百分之三九・三，尤其四十歲層男性有百分之五二・五之高。

與熟人見面被說：「精神不錯麼」而覺得不愉快的二十歲層女性，超過其他年層加倍而佔百分之三十以上，在疲倦狀態當中卻要表現「精神好」美德的中年管理職，與怎麼不了解人家工作忙碌而疲倦的年輕女性有不同處境，在工作場所可能成為摩擦。

電腦病毒？——眼睛不要看傷了

日本眼科醫學會所屬「技術眼症研究小組」最近完成調查，坐在電腦或電子計算機畫面前，每週二十小時的操作員，有六成五患有眼睛健康障礙的現象。十月中旬召開的日本臨床眼科學會報告，是首次對眼睛的調節、異常等技術眼症提出精密診斷結果的。

根據調查結果建議：各機構廠商所有電腦或電子計算機操作員，應於作業一小時後休息十五分鐘。操作員的眼睛因總是移轉於畫面、鍵盤、報表之間，注視距離有異，而且瞬間轉變眼睛晶體厚度，及變化瞳孔之收縮與放大，兩眼直視或斜視，忙碌做眼睛調節而引起眼睛疲勞症狀。技術眼症是：

①調節焦點引起的眼睛疲勞。

②肩膀酸痛或手指麻痺等肩部、腕部的病症。

③不安全感或憂慮感等神經精神症狀。

有①項症狀者稱為「技術眼症疑似症」，如①項加其他一項者稱為「技術眼症中度型」，①②③項均有者稱為「技術眼症重度型」。

此項調查是每週工作二十小時以上，從事電子計算機或電腦操作兩年以上，而未滿四十五歲者，以二、〇六九人為對象，做診斷分析結果：「疑似症」有百分之五十、「中度型」百分之十、「重度型」百分之五、全體對象中有百分之六十五患有眼症。

第七篇　環保意識

日本利用自來水發電

日本自治省，決定自一九九三年開始，利用一般家庭或工廠的自來水發電。「自來水發電」是利用淨水場至各家庭或工廠的水管內暢流的水力，方法是在淨水場與用水戶的中間地點設置小型發電所，將水管內的水力做回轉渦輪發電。

目前群馬縣及三重縣等六處，已興建自來水發電所。東京都則將於明年度實施。「自來水發電」的電力除了給淨水場用外，剩餘的可賣給電力公司或一般家庭用；發電成本比一般電廠大約節省近四成，而平均發電量超過三百瓩，相當兩千人使用一年的電量。

此外，「自來水發電」是促進未利用能源做有效活用，可減少地球溫室效應元兇二氧化碳及氮酸化物等的排放量，可謂一舉數得。

日本自治省指出，「自來水發電」是繼焚燒垃圾發電後的第二項妙策。因此，負責推動「自來水發電」的地方自治團體對發電需要的工程費，可全額發行地方公債支應。

東京建無汙染發電廠

人口兩千萬的東京都，為緩和二十一世紀初工商企業、辦公廳及住宅的用電壓力，在臨港處建設兩座液化天然瓦斯火力發電廠。

東京電力公司首先將有三十二年歷史，已老朽的品川重油火力發電廠，改建為液化瓦斯火力發電，並將發電量提高兩點七倍。改造總工程費約兩千五百億日圓。

新發電廠採用瓦斯與蒸氣兩渦輪組合的複合發電機，作為燃料的液化天然瓦斯，則由東京瓦斯公司供給。

在首善之都興建火力發電廠，竟然沒有居民抗議？原來液態天然瓦斯發電，窒素酸化物（ＮＯＸ）的排放量能減少五到六成，而灰塵及硫磺酸化物（ＳＯＸ）則全無，可以說一點不汙染環境。此外，舊有的四支煙囪集中改成一支，且外觀改為大樓形，能配合附近商業大樓景觀。

挨過原子彈不再生懼？

——日本核電利用值得借鏡

日本是全世界唯一的原子彈被爆國，而現在卻能利用原子力為和平用途，尤其在核能發電方面成為優異國家，奠定全國龐大經濟發展原動力。

日本首座核能發電，創始於一九六六年七月，在世界人口最多都市東京都，周邊不及八十公里的茨城縣東海發電廠開始營運成功，其後核電工程急速開發，至目前擁有核能電廠三十五座，僅次於美國、法國、蘇聯，而列入世界四大核能發電國。

據日本全國電氣事業審議會指出：核能發電是一九九〇年一九〇〇億Kwh，佔全國發電總量百分之二十八，一九九五年預估提高至二八五〇Kwh，佔發電總量百分之三十五。其次以電源別分配，一九九〇年核電已超過石油火力發電，以後佔首位是無疑的。

雖然如此，但是日本核電開發過程中，為確保核電廠安全性或環境保護問題，核電廠與所在地住民或全體國民所做的理解與協力溝通工作甚多，而且在核電廠工程安全措施或充實自主的核燃料循環確立工作也做得相當好。

反觀我中華民國台灣，為反對核能四廠的貢寮地方民情反彈新聞，時常成為媒體報導題材，公權力不彰，興建工程受制民情反彈，開工遙遙無期。目前電力供應與工商業及民用需求，已達飽和，每逢夏季負荷失衡，屢次採取限制大戶用電或輪區輪電措施，好似倒退至無電的原始生活，的確讓人不便與擔憂。

鄰近的日本已擁有三十五座核能廠，以其原動力促進工商業發達，國民生活亦隨而提升，成為全世界經濟大國，我們政府與民眾在核四廠興建問題的觀念上，「有樣看樣」溝通工作似應再予加強，以期早日施工，以免臨渴掘井。

沙漠連下十七小時怪雨

——新疆地區核試爆嚴重污染環境

最近在柏林召開的第二屆世界核被害者大會上，有中國大陸核實驗場新疆維吾爾自治區原住民參加，控訴中國核試爆帶來的被害實情。

冷戰終結後，各國停止試爆當中，仍於今年五月間，做大規模核試爆的中國，核被害迄今絕無傳出。

參加大會的中央亞細亞新疆維吾爾原住民，也是作家、歷史學者的墨佛里西與阿喀墨培庫兩位教授，現住在舊蘇聯哈薩克共和國阿拉木圖。

墨佛里西教授表示：中國核試爆使用新疆維吾爾自治區，南東部羅布諾爾附近沙漠地帶，自一九六四年起至今年五月，做過包含六次氫彈試爆等計三十八次，經搜集核試爆附近住民情報，今年五月地下試爆之後，附近環境帶來激變。

乾燥地帶發生十七小時連續降雨怪現象，相反地，草原地帶長年青翠的牧草原，卻遭受到旱災，造成牧草全面枯萎。中國的試爆最近數次均在大氣中進行都成了問題，試爆的灰塵、瓦斯在空氣中飄流，吹向舊蘇聯廣大地區降落，造成嚴重污染。

候鳥中繼站烏兎內湖

日本北海道苫小牧市的烏兎內湖，是南方過冬的水鳥回歸西伯利亞長程旅程的中繼站。最近兩萬多隻候鳥集中前來休息造成大混亂，好似連休歸省旅客擁擠巔峰時刻。

成千上萬的尾長鴨、白鳥、雁等在湖面滿盤做休息，尤其雁類族群似要覆蓋天空般，自餌食場大舉飛翔，來到湖面寬處休息。

候鳥群的長途旅程，相當的辛苦而忙碌，片刻休息之後，又慌慌張張朝著北方飛去。為求濕原沼澤與水鳥的保護，烏兎內湖經國際蘭姆沙路條約，指定為濕原沼澤保護區。

北回候鳥離開後，接踵而至是夏鳥的青鷺、雲雀（天鷚）等，尖叫聲音亦可以聽到，依序將有飛越一萬公里來自澳洲的鷸亦要來臨，候鳥飛來離去，按檔期毫無差錯，堪稱自然界的巧妙，季節的交棒，確確實實地在進行。

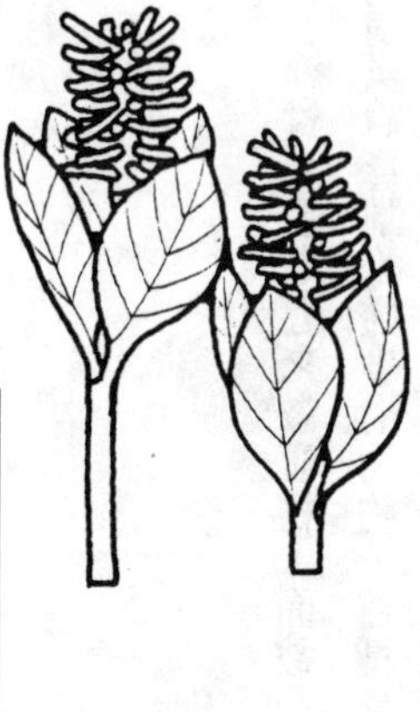

進口大海龜繁殖龜寶寶

進口野生動物途徑愈來愈難，日本千葉的蟲類進口業者，針對海龜等近來做寵物，而被高價買賣，因此在氣候溫暖的沖繩，建造寵物繁殖場。華盛頓條約管制的稀少動物約一百種，數萬隻，以合法進口在此飼養。

業者表示：「從此不祇依賴進口，變而應該由自己繁殖供需的時代，亦可做種的保護」，並於去年十一月開始飼養。

海龜的龜寶寶在寵物店頭標價五十萬日圓至一百萬日圓（台幣約二十五萬元）做買賣。原產國塞舌爾對出口實施嚴格管制，因而另找他國繁殖的二十隻成龜進口。

這批海龜如果能在沖繩環境適應，初批龜寶寶即將今秋誕生，十五隻龜媽媽亦為每年放三百粒龜蛋。

環境保護廳主管表示：「業者繁殖稀少動物不只全做買賣，亦應考慮讓部份放生回歸自然，更符合維護自然環境意義。」

維護香魚排卵清流

本島自然生態遭受人為污染破壞，碧綠山林亂伐無盡，河川流水又黑又臭，讓人擔憂這樣下去將來如何是好？

反觀日本有一處世外桃源，富士山麓地下水滾滾，被稱為「亞洲第一湧水群」的靜岡縣駿東郡清水町的柿田川，每年十二月至翌年一月是溪中天然香魚產卵旺季。

水溫十五度，水深約一公尺，在初冬日照下溪水清透溪底，好似舖地毯般，香魚成群撥開砂子或小石粒排卵其中，雌魚一條各有雄魚五、六條陪伴產卵，水中到處有細砂在起舞，堪稱一大奇觀。

柿田川是狩野川的支流，長度僅一、二公里，因水質良好沿溪小鎮住民均賴為飲用，附近住民為進一步維護寶貴的自然生態，最近組織「柿田川綠化信託基金會」，大家出資合購沿岸土地，避免人為破壞自然環境。

該會負責人表示：「溪中魚類比從前雖有減少些，但是天然香魚群在溪中產卵奇觀在別處已無法看到，因此此處清流必須永遠維護下去。」

海鳥的天國自然組合的崩潰

潛水入淺海礁石群裡，有一公尺左右褐色海帶，隨著潮流一起搖晃，其根部躲著一隻足球大的紫色海膽，突然有支三叉的標槍刺上海膽，一剎那被拉上擲入網中，其動作之迅速一眨眼之間則過去，熟練的漁夫一回三個小時中，可以刺捕一千隻以上海膽。

日本北海道北西部，離羽幌町二十八公里的日本海的天壳島，曾盛産鰊魚，住民有二千餘人，三十幾年前起突然鰊魚群不見了，討海生活困難的島民出外謀生，而漸減至現在六百二十人。鰊魚絕後過了一段出現鮑魚的豐收，經過貪心人們的大量採捕之後，又見近乎滅跡，最近的漁獲量是全盛期的五十分之一。最近海膽的採取是每人加以回數限制，以避免採盡滅種的措施。

海膽採季每天有百數千隻小舟在一周十二公里沿海周邊，全島漁獲量佔五分之一的海膽，每艘漁船採取限制八回，水溫十七度，水深二十公尺左右的礁石附近到處都是海膽。

島的西側的高度一百公尺高峭的山崖，附近有幾十萬隻海鳥在飛翔，漁場也是餌場，碼頭豎建一座天然紀念物海鳥鴉的巨型塑像，傍邊柱子寫著「歡迎到海鳥的天國」。天壳島今夏，連同附近一帶被指定為國定公園，地頭羽幌町還定要吸引觀光客五萬人前來觀光的目標，但是一九六三年有八千隻的海鳥鴉，諷刺的迄今祇剩五十七隻聊勝於無。

海鳥、鰊魚、鮑魚、海膽等，海與自然的組合，是否正在崩潰，復而重新組合，島民的眼裡稍顯不安模樣。

夢島——東京的垃圾袋

從東京塔上看東京灣，有平坦側影像的島嶼是「東京的垃圾袋」人工島——「夢島」，也是候鳥海鷗的樂園。自海岸道路貫通海底隧道，再經關卡就到垃圾島，首處十四號工地的「夢島」掩埋場施工第十年就飽和，第二處十五號工地卻在第八年就大滿貫，第三處工地是中央防波堤的掩埋場，堤防內側也已飽滿，外側仍繼續掩埋中。

人工島總面積三一四公頃，外圍五•七公里。來自東京都內街頭巷尾，運輸一千二百萬人日常生活廢棄物的垃圾車，如過江之鯽，每天載來九千二百五十噸垃圾傾倒於此。易燃燒垃圾仍需經過焚化爐燒卻後，與不易燃燒垃圾或無法清理的廚房殘菜剩飯都倒到人工島垃圾場來，在這上面有成千上萬驚人數量的海鷗，好似要覆蓋天空，尋找豐富的餌料。

做掩埋工作的壓路機開動時，周邊海鷗就一起飛翔亂舞，並大聲叫喊，有如大合唱，有如抗議妨害吃餌而發出激烈怒聲。垃圾場掩埋作業採用三明治工法，垃圾用壓路機壓成三公尺厚度後，覆蓋五十公分土石，又蓋垃圾，其上面再覆以土石，反覆多層並為抽出底層沼氣，每隔六十公尺就埋有通氣管。垃圾中有流行過後，可是還算新的日用品、衣類、運動器具、小家具、罐頭等反映大量浪費的時代。

趕蚊子電台

你相信廣播電台能夠叫你起床、伴你入眠，並為你驅走討厭的蚊子嗎？加拿大蒙特利爾廣播電台不久前就為民衆提供這項服務。

該電台一位股東在法國度假期間想到，只有交配過的雌蚊才會咬人，牠們嗜性如狂，何不製造雄蚊聲音引開他們。經過多位科學家研究，電台試驗性的播放一種聲音，果真能夠驅走當地四十四種蚊子中的三十種。播放時間為早晨十一點到十二點，下午四點到八點。到目前為止，聽衆反應毀譽參半，有人抱怨會干擾收聽節目，有人稱讚不已。

有一位聽衆打電話告訴電台工作人員他的經驗，說他在湖上邊聽音樂邊釣魚，舒服極了，沒想到才關掉收音機，就擁來一群蚊子，再打開收音機，蚊子就全飛走了。

不過，美國農業部昆蟲專家卡拉漢對音樂驅蚊一事抱懷疑態度，他表示昆蟲專家在過去二十五年來致力於用聲音控制蚊子的研究成效不彰，因為蚊子不會單獨對聲音有反應，是聲音和氣味之間錯綜複雜的因素吸引蚊子，而且雌蚊即使未交配也會吸食人血。

卡拉漢並指出，影響蚊子忽隱忽現的因素何止千萬個，一陣微風能夠改變蚊子行蹤。

撒尿監視器

據新加坡建屋發展局表示，去年有一百一十二名無聊年輕人，在大樓電梯內撒尿遭到舉發。舉發方法是在電梯內裝置小便檢知器和閉路攝影機，當事件發生時，小便檢知器一感應，攝影機即開始攝影，同時電梯門無法打開，嫌犯無法逃避，祇好按緊急電鈴求救，並留下證據。

建屋發展局曾為電梯內撒尿事件頭痛不已，其管轄的一萬多架電梯中，有兩千兩百架曾發生這種無聊事件。去年初裝置監視系統後，其中五百架就不見撒尿事件了。被檢舉的犯人中，十九歲至五十四歲成人佔半數，其中女性祇佔一人，時間大約在晚間七時至十一時之間最多，以附近的住民佔半數。

垃圾處理遁地加工

日本藤田營造企業最近發表興建公園地下垃圾處理再生工廠，及運動施設的綜合計劃，引起一般社會、環保界人士注目。

東京等大都市的垃圾處理能力已接近界限，讓人萬分傷腦筋，這已顯示近期內非實施垃圾就地處理的重要性。

該項規劃案，每座垃圾處理廠需要二千五百平方公尺用地，興建地下四層施設，總面積六千七百萬平方公尺，除一般垃圾的再生處理工廠外，還利用處理過程所產生廢熱做溫水游泳池、體育館，還收容六十輛的地下停車場等，工程費需二百億日圓（合台幣約五十億元）。

垃圾處理方法是，除金屬、玻璃等不可燃燒性物外，一般垃圾將碾碎成微粉化，加上生石灰變成粒狀，並用七十至九十度熱風使其乾燥硬化，最後溶入添加物，加工成為顆粒或球狀，廣泛當做代用砂粒或骨材等建材使用。

人口廿萬人的都市，每人每天平均排出一公斤垃圾，處理再生工廠一小時可處理十噸，一天廿小時營運就可消化全部垃圾，因不燃燒垃圾而無大氣污染問題，並避免環境惡化。

最前線的環保監視站

人類居住的地球自然生態環境不斷遭受破壞，二氧化碳增加引起的溫暖化，氟帶來的臭氧層破壞、酸性雨、熱帶雨林之減少等等嚴重問題，其實態在科學觀測尚未發覺的還有許多許多。挪威本土北方有座斯匹茲卑爾根島，是觀測地球環境變化的最前線基地。

北緯七十九度，與北極尚有一二〇〇公里距離的地點是挪威極地研究所新奧路鮮基地，目前已是極寒季節，到處冰天雪地滿天的星星好似正活動的窗簾般的極光（Aurore），以綺麗顏色掛在天空搖晃，短暫消失而後再復出，給人們的視覺享受是美極無比的。

在基地幾幢建築物之一，箱型的小屋向天空發射肉眼看不到的紫外線雷射光，主持這項觀測的學者西德極地海洋研究員羅拿巴博士表示：

「在南極已經確認有臭氧大洞，但在北極圈臭氧層是否遭受破壞尚在調查中。」

向天空發射的雷射光由兩支波長組成，其一容易為臭氧吸收，另一則不被臭氧吸收，兩支波長在天空碰到臭氧反射而折回，由望遠鏡捕捉觀測其個別的高度，而計出兩支光反射量比率而測定臭氧量之分析。如果連續三日天氣不佳時，即替代雷射光升放攜帶測定儀器的氣球來記錄某一高度臭氧量。

該基地原先是挪威極地觀測據點，西德小組於兩年前攜帶大量儀器裝備進駐會合開始觀測工作，極地附近挪威領土上尚有蘇聯、波蘭、英國、日本等科學家、學者進駐從事環境觀測研究。

除了臭氧層研究之外，在基地也做多樣環境污染監視，該島最高標點五五〇公尺山頂上有乙座去年完成之大氣污染監視站並開始操作觀測，調查每日浮塵過濾紙，每日空氣取樣亦由筒狀高壓氣體容器採取後寄往挪威首都奧斯陸研究所，在此對歐洲、蘇聯、北非洲地域吹來的浮塵亦在做調查。

地球環境問題最大課題是溫暖化的防止，世界各大都市正在猛烈之勢排出大量二氧化碳，引起地球溫暖化，再而導致世界氣象變化，南北極冰山溶化全球海水面漸增亦有危機，因此對二氧化碳放出規制亦在國際間提出研討，基地周邊之冰河為材料，夏季各國研究機構學者對冰河後退或溶解情況做詳細調查。

北極圈是地球環境變化提供最先捕捉訊息的最適當場地，臭氧層之破壞、氣候溫暖化之預兆在極地亦可測出，新奧路鮮基地臭氧層之破壞、氣候溫暖化之預兆在極地亦可測出，新奧路鮮基地所佔重要性愈來愈高，奧斯陸挪威極地研究所所長表示：

「曾是北極探險對象的極地，最近變成要肩負監視地球環境問題最前線的時代使命。」

人工島自由港

日本海中央位置即將建築巨大人工島，做為中國、蘇聯、日本、北韓、南韓等五個國家據點都市，環狀交通網聯結的國際自由都市。

這項稱為「環日本海ＴＯＰ構想」龐大工程策劃，由日本飛島建設負責進行規劃設計。做為中心人工島提供國際業務、物流調整機能，工期暫定十五年，總工程費估算需三十九兆日圓（折台幣約九兆七千億元）。

人工島的「日本海衛城」是設在日本海大約中央部位，正方形每邊四公里寬的防波堤，中央築有兩公里浮體式人工島，島上設國際機能施設與居住場所，生活排水處理等設施，可容納十萬人的都市。

防波堤的上面供飛機跑道、港灣設備使用，內部成為各種物資屯積基地，石油亦可儲蓄三億ＫＬ，島上主要能源是靠海洋溫度差發電。環繞島上交通網將導入線性質發動機索引列車與間宮、宗谷、對馬海峽架設橫斷道路連結，各據點都市周邊再配置金融、商業、工業、休閒活動場所等都市施設群。

街頭的遊戲場

法國首都巴黎阿路街，已發展成為一個超摩登的購物中心，店舖三〇〇餘間，每年有數百萬人來此購物。消費者徒步路過地下鐵出口處廣場或小型公園時，會看見摩登的現代雕刻群分散置其間，常常給人帶來意想不到的一種精神上調劑。

市文化局一位主管強調，推廣藝術應積極利用人來人往的廣場，他表示：「為向不願往藝術館、博物館參觀的人們推銷現代藝術，利用街頭或公園放置雕刻作品是最佳方法。」

阿路公園裡有座「人頭與五指」的大型石雕，雖頂顯眼，但是讓衆多的購物者或觀光客乍看之下，有報以會心的微笑。

米羅的石雕刻群中算是最具親和力的，經常有一群群天真爛漫的孩童，在石雕的臉部與手指間爬上滑下，好似溜滑梯般自由自在地玩耍，也成為當地最具代表性的象徵。

石雕造景

「彫刻與市民生活連在一起」這樣的夢想是由日本東京都八王子市的彫刻研討會提倡，今夏已進入第七屆，如此別開生面的彫刻研討會，將工作要項研究後在市民圍觀下付諸實施，起步已有十三星霜，隔一年在實地研討後，彫刻家在現場展示製作過程，給予市民公開參觀共同參與。

火車站前、公共設施前、道路邊、橋頭等處安置美觀的大型彫刻佳作。研討會的彫刻佳作已達三十三件，再加今夏四件，另外每年持續舉行的林間彫刻教室，參加的市民十三年來總數近三千人之龐大數目，由八王子市首先呼籲「創造有彫刻的街道」運動，現已擴大影響到盛岡、長野、米子市等全國主要城市。

今年七月十五日至九月六日為期一個半月的活動，以八王子市為彫刻討論會在市有富士林公園裡熱烈進行著，現有四位彫刻大師為自己佳作再做最後修飾。

人口四十三萬人，有二十所大學，大學生七萬人的八王子市，富有歷史價值藝術品石彫安置在市區主要角落六十處，被譽為「石彫藝術的街道」並激發其他城市紛起效法。

策劃群的長程規劃還有野外美術館、野外劇場等，別府會長滔滔不絕道出，將來該市藝術造景的藍圖。事在人為，您想八王子市能，我國台北或其他縣市藝術人材輩出，什麼時候獻出智慧或影響力，創造自己市街美好的造景。

第八篇　生活智慧

一大碗年夜麵

因交通事故失去一家之主，還要支付巨額的賠償金的中年母親，在一個除夕夜帶著十歲和六歲的男孩，母子三人進了「北海亭麵店」，向老闆問：「想要麵一客，可以嗎？」他們打算三人叫一碗麵好果腹充饑，但好心的老闆卻悄悄地煮了超大碗一大碗麵，也加了不少配料端上餐桌，讓母子再分三碗當做年夜麵，母子吃了熱呼呼，而且肚子舒服多了，臨走時老闆夫婦祇收他一小碗麵錢，並和悅可親的說：「謝謝惠顧，祝福你們過個好年」，目送母子離開。

接著第二年，第三年的除夕夜也如此，三人叫一碗年夜麵過年。這是努力求生存的母子和悄悄幫助的麵店夫婦編織感人的人間之愛。

在第三年麵店老闆夫婦由客人交談中才知道，她先生開汽車發生車禍使八人受傷，而且自己也賠上一條命，留下母子三人，在道義上為賠償金壓得透不過氣，生活也陷入絕望深谷，母親常為人家幫傭，哥哥送報紙，弟弟幫家事，兩人均很認真求學，母子三人相依為命，互相鼓勵，勇敢與命運之神搏鬥，以重建自己家園。

而第四年除夕夜以後，麵店裡再也看不到母子三人的影子，但是麵店老闆夫婦，還保留從前他們坐過的那組桌椅和位子，年年等待著。

十五年後的除夕夜，兩位很有教養的青年與穿著整齊的婦人突然出現麵店，婦人說：「想要麵三客，可以嗎？」老闆夫婦定眼一看，認出確確實實是，當年窮苦潦倒的母子三人沒錯，帶著滿眶淚水的眼睛，向廚房伙計大聲叫了「麵三客」，來接待他們。

原來闊別了十五年後，哥哥在一家綜合醫院擔任小兒科醫師，並與母親一起生活，弟弟在都市銀行服務，母子發願為回饋社會，將以儲蓄之資金開家大麵店，做更多社會服務工作。

這是發生在日本北海道的一個真實的故事，當年窮困的母子，承受麵店老闆一大碗麵條招待，是何等的溫暖，更支持母子三人十五年產生無比的鬥志，使他們在謀生極端困難條件跟逆境中生存下來。此感人經過及富有人情味的事蹟，經過作家栗良平，撰寫一本兒童故事「一大碗麵」已風行了全日本，並由栗良平之兄以話劇方式在各地幼稚園做巡迴演出，共計一五〇場而頗獲好評。

日人儲蓄意願高

日人勤勉節約成性，生活餘款悉數存入郵局、銀行儲蓄，因此有儲蓄大國之雅號。

日本總理府日前發表「生活與儲蓄的民意調查」，結果重視儲蓄佔全體五成。總理府所做儲蓄的民意調查屬於首次，以全國廿歲以上的五千人為對象實施，回答者三、七八七人。「平常生活盡量節約多做儲蓄」或「重視自己投資或過豐裕生活而不太做儲蓄」兩題中，儲蓄者佔百分之五十二・二，要豐裕生活者百分之四十・九，儲蓄應報中央委員會去年夏季實施的民意調查中「考慮將來應做有計劃儲蓄」佔百分之六十七・五，「現在的生活優先於將來」僅百分之十・七，重視儲蓄者最近幾年傾向不變，但是此次總理府之調查則把雙方距離拉近。

有無貸款統計：購屋貸款佔百分之二十四・三，購車貸款百分之十一・七，購家具家電貸款百分之六・八，全無貸款者百分之五十四・六。貸款以年齡層分：四十歲層是購屋貸款比率最高，二十、三十歲層則購車貸款比較高。

有無炒股票統計：持有股票者百分之十三・一，做短線而有危險性者百分之四十六・一，做長程投資者百分之十九・五，生利為手段者百分之十八・六。

娃娃鍍金的第一步

給小寶寶買一雙亮晶晶的金鞋子，跨出第一步學會走路後，裝入透明盒子當做房內裝飾品。這個花招表示出日本一般民衆富裕生活面及父母對子女關愛。

金鞋價格一雙三萬日圓（折台幣約七千五百元），與大衆化普通娃娃鞋一千日圓比較確實貴得多，這種金鞋表面用黃金鍍金特別加工而成，並附有嬰兒姓名、出生年月日的金屬名牌以供金鞋不用後，裝入雅致透明盒子收藏紀念。

腦筋動得快的商人利用金鞋大做廣告，鼓吹用金鞋做彌月禮，花費有限，嬰兒穿用後還能做室內裝飾，讓送禮人情永刻銘心，堪稱一石數鳥。

大型店替代小型店

人口達一二〇〇萬人的世界級超大都市日本東京都——商業結構漸在改變，所有商店在前年、去年值逢好景氣而營業額亦創造空前紀錄。雖然如此，另一面「海鮮店」、「糖果店」等小規模店舖卻大幅減少。東京都政府發表的一九九一年商業統計調查（一九九一年七月一日迄今）的數據是這樣的：

小規模小賣店因後續經營者不足，加上被大型店奪走衆多顧客、地價、房租高騰或開發而廢業的案例甚多。據悉：東京都內的小賣店此次調查的數目是一四二、九四九家，比三年前調查時減少百分之二・八。

以從業人員規模計算，十人未滿的小賣店，此次調查亦減少，以食料品關聯的減少百分之二十・五最顯著，「糖菓麵包」減少百分之十五、「南北乾貨」減少百分之十四・七、「海鮮」減少百分之十三・七。

相對的從業人員十人以上的店舖卻增加，超級市場、百貨公司等一〇〇人以上店舖增加百分之十七・七，另外批發商有七三、八〇三家增加百分之六・七，亦創新歷年紀錄。

台灣的大都會區尚未看到這一方面的統計數據，可看見傳統的舊市場小賣店，落伍衰微而漸被淘汰，替代出現大量的超級市場、便利商店、販量店、百貨公司等情形頗為相似。

會游的寶石

被稱為「會游的寶石」，錦鯉故鄉，日本新潟縣古志郡山古志村，晚秋是錦鯉競賣的旺季。在附近的小千谷市拍賣場，經紀人圍著魚池注視，長七十公分、寬四十公分的箱船，從五萬日圓程度的低價位開始拍賣，繞著池邊轉，一天四小時拍賣二百十箱船，成交額三千兩百萬日圓。每年六月中旬養殖農戶，購進五~十萬條小魚苗，飼養中需經過多次選別、淘汰、過濾，最後剩下能送至競賣場者，僅僅約五、六條而已，大部分在淘汰過程中，約十公分者賣給釣魚場，幼魚則成為「甘露煮」或便當菜的素材，最差者更成為當肥料的命運，雖然魚的臉都是一樣，但是魚鱗顏色好壞，卻成為雲泥殊路。

「紅白」、「大正三色」、「昭和三色」，紅白黑是基本，加上配色，魚態是決定魚價的要項。該村的名聲自一九一四年大正博覽會出品二十七條錦鯉而打出全國頂尖地位，在第一次石油危機之前，最名貴的一條錦鯉，竟喊價兩千萬日圓（折臺幣約五百萬元）之高，確讓人咋舌，今年卻跌至一條四、五百萬日圓，全村年間拍賣收入達到七、八億日圓。

養殖戶每年飼料費大約需要一、兩百萬日圓，因此無太多利潤可賺，全盛期的二十年前，該村養殖戶有八百戶，迄今祇存二百六十戶。日本政府為繁榮該村，年前撥款十億日圓與築隧道，使該村與鄰近都市帶來交通便利，從此村裡的年輕人，不再移住都市，而能自鄉里通勤，早晚或假日業餘時間，協助家人照顧錦鯉養殖業務。

三千噸大房子溜著走

日本千葉市中央區公所與市立美術館，決定興建十五層大樓，該處地皮上卻有造形古色古香的十五世紀義大利文藝復興時期二樓建築物的舊川崎銀行。

原先計劃將舊銀行建築物報廢拆毀，卻遭遇一般市民反對聲浪洋溢，並要求保存。市政當局祇好再動員建築設計群腦力震盪詳研後，與建設計做大幅度修正。

市政當局終於決定，以包餡方式留置舊川崎銀行在裡面，新建大樓做為外皮，成為大房子裡面有小房子的新舊建築物一體化。工程中最成問題的是舊川崎銀行地下工程須支撐約三、一八五噸重量的基礎與地下停車場，而採用拖曳舊建築物移位施工。

拖曳作業是利用油壓千斤頂移動龐大建築物，先將舊建築物提高三十一．五公分，其下面敷置鋼材滾鋼軌，以每分鐘一〇公分速度拖退二十四．五公尺，騰出地方做地下工程，完成後再拖進前方二十一．五公尺，再拖地下工程，所需建築物拖曳工程費是九億日圓。

外側建築物地上十二樓、地下三樓，總工程費一五一億七千萬日圓（台幣近四十億元），預定後年完成，區公所使用一～五樓，市立美術館用六～十一樓，舊川崎銀行部份則闢為市民公會堂，供市民文教集會使用。

儲蓄哉？消費哉？

日本人被識為只會賺錢儲蓄，而不會用錢的民族，到底他們的消費行動又如何呢？有錢財剩餘時都想要「儲蓄」的人過半數以上而佔百分之六十一，「想要去旅遊」百分之二十一，「想要購物」百分之十一。

日本人儲蓄意識確實很高昂，一九七五年十一月朝日新聞調查做比較，「儲蓄」由百分之七十五而大幅衰退到百分之六十一，「旅遊」由百分之九躍增到百分之二十一，「購物」由百分之十仍在原位的百分之十一。

在這十五年間儲蓄至消費，消費者意識亦有了大幅度變化，消費的範圍中講求傾向心理充實，消費行動的性別、年齡亦有頗大差距，「儲蓄」意向男性百分之五十七、女性百分之六十五，相反「旅遊」百分之二十五比百分之十八，男性興趣比較高，在年齡別，男女年輕層對旅遊志向轉強，而且年齡上昇「儲蓄」志向亦轉為強。

為將來儲蓄不如現在快快樂樂的生活享受一番的人是四成弱，而為將來儲蓄現在的生活做節制的人是五成強。尤其三十歲層與六十歲以上女性中，節制派與享受派比較，享受派仍稍高一些。

變形的日本人

日本政府總理府於日前發表，平成二年（一九九〇年）全國國勢調查結果，全國人口總數為一億二三六一萬一一六七人，各都道府縣中以東京一一八五萬五五六三人為最多，其次以大阪、神奈川、愛知、埼玉、北海道、千葉、兵庫、福岡、靜岡之序，除外此次國勢調查而明瞭女性、高齡者，在日外國人亦成為社會構造的問題。

女性的社會進出而「不結婚女性」增加，男女適婚者的晚婚化傾向顯著，銀髮族的單身生活亦激增，在日本外國人亦大幅增加，相反地，一般家庭的自有房屋的比例下降，服務業從業人員的激增趨向明確。

●**晚婚化**——二十五～二十九歲適婚者未婚率，全國平均男性為三十一・二%，女性是二十三・四%，其中東京的男性四十・二%與女性三十・八%均佔全國首位。

●**勞動力**——家事從業者、通學者、高齡者除外的勞動力人口（就業者與完全失業者）是六三六六人，比五年前調查增加五・四%，以男女別分析男性佔全體的六成，比前次調查男性增加四・二%，女性增加七・四%。

女性就業率的推移是第一次石油危機後的一九七五年減少三・七%，一九八〇增加七～

八%，其成長是男性兩倍，雇用機會的增加，亦表示女性的社會進出意願提高。

●銀髮族——日本為現今世界長壽大國。六十五歲以上高齡者單身生活戶的比前次調查增加三十七・五%，六十五歲以上人口所佔百分比是上昇十・九%，性別則女性多出男性的約四倍，而了解女性比男性長壽者多。

夫妻均六十五歲以上的高齡夫妻戶比前次調查增加三十四・五%，達二二一二一九七戶之多。

●在日外國人——住在日本的外國人八八六三九七人，比前次調查增加一六六三〇四人，佔總人口數〇・七二%。

以國籍別分南北韓五六七五九八人佔六十四%為榜首外，依序為中國人一〇九二三九人佔十二・三%，菲律賓人四・一%，美國人三・八%，比前次調查中國人約增加五萬人，東南亞、南亞等各國人亦增加約十萬人，均集中在大阪，東京周邊有六成以上。

●住宅——一般家庭持有自有住宅者五十九・二%，比前次調查降低〇・三%，民間租屋者二十五・一%增加一・五%，可證地價高騰影響住宅取得困難。自有住宅以富山縣八十一・六%為最高，大阪四十八・四%，東京四十・四%為最低。住宅品質亦不夠理想，每戶住宅面積東京五十六・二平方公尺（約十四坪）最狹窄，富山縣一四〇・九平方公尺為最寬裕。

高品質時代來臨

在日本紡織界聞名的日清紡織，改變營運策略生產高級綿製品，並廣為宣傳促銷，寄發新產品目錄介紹高價碼上質內衣、毛巾、睡衣、衣料等，其中推出一條一萬日圓（折台幣約二千五百元）的手帕而頗受注目。

日本紡織廠商現正面臨國外輸入之中下級低價格綿製品傾銷而大傷腦筋，著名廠商為打開銷售市場，熱絡開發高級品景氣之差別化商品。

日清紡織的新策略是透過目錄雜誌「公共建議」，介紹世界聞名之埃及綿及美國桑扶奧金綿為原料，精緻織成之家庭衣料品，作為通訊販賣主力。

自上個月起每月寄發印刷精美的目錄雜誌介紹高級品，包括浴巾四千日圓、圓領內衣二千五百日圓等，這批舒適的衣料品價碼是通常百貨公司賣價之兩倍，但銷售情況極為良好而暢銷。因為目錄雜誌寄發對象，限為大企業公司董監事等高所得層次，除自家消費外並大量訂購，綉上標記當做公共關係贈品而廣受歡迎。

空中遙控治病

洛杉磯飛往東京的日本航空巨無霸機內，一位老乘客突然生病了。在近空飛航中的全日空巨無霸收到SOS急救訊號後，由機內醫師用無線電指示緊急措置方法，終於急救成功，衆人大呼虛驚一場。

這件空中搖控治療案件，發生於二月二十二日午後日航○六一班機，由洛杉磯起航後約四小時，而正在太平洋上飛航中，一位東京都電子計算機關連公司董事長（六十八歲）因無法排尿而下腹膨脹激痛不堪，正因機內無醫師而著急時，機長靈機一動，向周邊飛航中的飛機求救：「SOS乘客急病，有醫師的飛機請教急救方法。」

剛好日航班機之後，飛往同一方向的全日空○○五班機立刻收到SOS信號，隨即在機內廣播找到九州大學醫學院第二內科藤島正敏教授，請他進駕駛室用無線電告訴日航班機機長取出備用藥箱內利尿劑藥片的處方用法用量，因此病患終獲疏暢通尿而安全返回目的地。

因此，遠程旅遊者如有舊疾，為慎重計應自行攜帶常用藥以防萬一為宜。

懸壺濟「樹」！

治療人類的醫師甚衆，動物有獸醫，樹木應該也要有樹醫。強調這樣主張的是，治療有病樹木的日本樹木保護協會，主持人是位在大阪市天王寺區的山野忠彥（八十八歲）老先生。自三十年前用「山野方式」的自創治療法成為日本唯一的「樹醫」，巨木、名木為數甚多的多摩地區，他是老少皆知的著名人物。

山野老先生長久以來的美夢是，成立「日本樹醫師會」，全國有病的樹木受到妥善的治療……。山野老先生今年初春，確實踏出第一步。

山野老先生去年十一月，與其「門下生」九人一起訪問福生市熊川的石川酒造，庭園裡有兩棵樹齡超過五百年的欅木，樹幹周圍三・六公尺、樹高二十公尺，可惜這兩棵老樹上半部已腐蝕，需要開刀。

「一定要醫好你」，向樹木大聲對話是治療的開始，這跟人類一樣，醫師與患者做思想交流是很重要的，山野老先生的伙伴，先在大樹周邊搭起銅架以便利上下，診斷後以特殊成分的五種藥物調配ＯＫ劑，往樹幹裡注射，以期樹勢回復。樹木腐爛部份治療方法是，跟蛀牙一樣，用鏈鋸或鑿刀挖取腐爛部份，為防止患部擴大，再塗上稱為「加露可多」的樹脂。

其次以骨材填滿敷蓋網材，再用水泥填補，最後雕與原樹皮一樣加以修飾著色。為數繁多的古木、名木經過山野方式治療而告痊癒。

樹木的治療費並不便宜，比較輕的傷或燒焦程度是，五十到六十萬日圓，手術需款三百萬日圓（折台幣七十五萬元），種植在神社、寺院、名家的樹木是幸福的，有其保護者會出錢治療照顧，而無主樹木是怪可憐的。山野老先生以「治療後祇要一棵枯死，就失去大衆信賴」，這句話勉勵同伴或門生要發揮敬業精神工作。

三十年來已治好一千棵病樹，有了輝煌實績，去年向環保署自然保護局，提出樹木治療過程說明及詳細資料，並申請設計財團法人組織。

治療千棵病樹完成的去年夏天，美國領事館轉洽，美國加利福尼亞大學，有意要敦聘山野為客座教授，講解樹木治療，以山野方式處理，因此山野老先生趕著整理講義資料，近期將赴美講課，並診療紅杉或水杉等世界巨木，向其挑戰。

山野老先生是佛教的篤信教徒，隨身不離念珠，他說：「超過三百年樹齡的古木，宿有樹靈，自己能治好千棵病樹，而活到現在非常健康的過米壽是很多樹靈保佑的。」

溫室水果價比黃金

日本東京日本橋高島屋百貨公司內，高級水果行「果山」，最近出現「次郎柿」一個三千五百日圓（折台幣近九百元），衆多顧客誤會是定價牌寫多一個圈圈，其實無誤，溫室栽培的水果，比一般野外栽培快兩個月上市，以品質奇佳，甜度亦極上，物以稀為貴，尤其是「金滿國」的日本民衆，祇要高品質好吃不怕貴，銷路甚為暢銷。

其他如溫室柑桔一個三百日圓（台幣七十五元）銷路亦不錯，目前全國的種植面積亦一直在增加，為高價位魅力的多種水果漸被開發在溫室栽培。溫室櫻桃在今年五月間初次競賣時，叫到五十粒一箱售十萬日圓（折台幣兩萬五）的破天荒高價，的確讓人咋舌。

從前進口的熱帶水果亦由開發成功的溫室栽培的水果替代，在高知縣栽培的鳳梨，沖繩縣芒果一個以兩千日圓成交，等於菲律賓產的三倍高價，仍被一掃而空，從前沖繩縣以甘蔗栽培為主流，因近年來糖價不振，經農政單位輔導鼓勵改植高價位水果，現在三百噸的生產量，五年後增產至兩千噸為目標。溫室以外附加價值的水果亦漸在增加，長野縣的蘋果是美國與紐西蘭兩種交配的新品種，因帶有玫瑰香味而賣到一個一千日圓。千葉縣產的梨經品改後發香而命名為「香」，一個要兩千日圓。東京銀座千足屋的香蕉一根根分別用襯墊包裝，價格是每根二百日圓，供做水果禮品，一樣大受歡迎。

「三」是日本人的明牌？

日本人生活中，有許多與「三」相關的數據，三分鐘記下來，實用又好玩。身體欠安要服藥，每天三餐後三十分鐘吃；日本成藥有三萬種，進口藥品超過出口藥品約三倍；癌症、心臟病、腦溢血是近來三大死因。

昭和三十年代普遍的三電器是洗衣機、冰箱、電視機；四十年代冷氣、彩視、汽車；二十四小時服務的小型超市、家庭餐廳、MTV是新近深夜族的三大流行！

初婚夫婦的年齡平均差三歲，最近婚姻中離婚案件增加三成，異性介入是主因。

在家晚酌三杯是人生大享福；曾是「做三餐加午睡」的主婦，現今半數出外工作，擔任管理職者約二十萬人，是三十年前的九倍。

市內電話掛一次限三分鐘十圓，遭受全國民衆物議的惡稅消費稅是百分之三，在神社佛寺祈求國泰民安行禮是三磕頭加三拍手。

外蒙經濟改革的陣痛

在蒙古地區西元前三世紀已成為匈奴帝國的中心，至十三世紀成吉思汗統一蒙古各族，繼而征服中亞和波斯灣地區，一二七九年在中國建立元朝止一三六八年，其後國勢衰退，十七世紀被滿族征服，成為滿清王朝之一部，一九一二年蒙古王公在蘇俄支持下宣佈獨立，其政體為人民共和制。

國名定為「蒙古人民共和國」的外蒙古是世界第二老牌的社會主義國家，雖不為中華民國所承認，但在聯合國佔有正式會員國席位，而獲得極大部份會員承認的事實。

外蒙國土面積一五六萬五千平方公里，居亞洲第六大國，人口約二百萬人，起伏的乾曠草原是蒙古主要地貌，佔國土面積約六分之五，因有優良草原，蒙古人從事游牧生活已甚為長久。

外蒙政治革命後現在又正從社會主義轉變成自由市場經濟，而再度從事革命當中，大膽的國有資產民營化計畫亦剛起步在執行，而且前蘇聯的援助停止，帶來嚴重物資不足，外蒙當局冀望並期待西方國家援助。

首都烏蘭巴托郊外的自由市場有超過萬計的人潮、香菸、襯衣、餐器等做買賣而成的人山人海。價格是香菸一包十圓格里克（公定匯率一美元換四十圓格里克），肥皂一個也十圓格里克，比國營商店貴二、三倍，但是市民邊喊「太貴！太貴！」仍然大量採購。

目前外蒙仍遇嚴重物資缺乏的襲擊，從前食用品或日用雜貨至機械設備均依賴蘇聯供給，現援助中斷，尤其電力不足最為嚴重。首都附近僅有的兩基古董級發電廠，發電量合計約七〇萬瓩，而且蘇聯供給的零件中斷，而發電量亦隨時大幅降低剩下一半程度，因頻發停電，國營冷凍庫內的肉類亦經常腐爛，原來能自給的肉類變成今春開始實施配給制。

工廠的生產率亦顯著降低。日用雜貨均有缺乏現象，目前最需要是新援助國來突破外蒙地理上的孤立狀況。被蘇聯與中國夾在中間的外蒙來說，以求中國能做為對亞洲、太平洋各國通商最為急務，去年八月下旬訪問外蒙的中國大陸楊尙昆國家主席，外蒙當局曾提出運輸方面的協助，還有資金、技術方面亦向西方各國及日本以求援助。

去年八月中旬日本海部首相，以西方各國首領中首位訪問外蒙，其見面禮是①改善通訊事業，設置通訊衛星地面基地。②新建大型發電廠等。其次國際通貨基金（ＩＭＦ）亦決定九月間在烏蘭巴托召開援助國會議研商援助案。

西方外交人士表示：「蘇聯無法依靠，外蒙祇靠民主改革獲得西方各國的援助是唯一的出路，同樣失去蘇聯為後盾的越南，卻有美國經濟制裁，這一點是外蒙經濟重新起跑的有利條件。外蒙仍繼東歐各國的後塵，經濟紛亂之後進行政治改革並投下波瀾。」

外蒙新聞記者協會模具西路卡路會長指摘：有部份政治派系言明經濟困難是受政治改革的影響。依然最大政治派系的「人民革命黨」內部，今春保守派系的「勞動派」誕生，將以經濟狀況嚴重做為主題訴諸公論，爭取民眾支持，這也是正式放棄社會主義的今秋憲法修改與新憲法產生下的明年實施的總選舉的造勢有關。

選舉前哨戰迫近而政治對立亦日增激烈，去年初自由選舉是政治民主化為最大爭點，最近是經濟重新改革為最大爭點。

為經濟重新改革，外蒙當局亦做了最大努力，國有資產的民營化，已經有部份國營商店開放民營，今秋起國營工廠亦開放民營，以股票方式分配國民，首批將以國有資產全部的百分之三十為目標，資產估價後發給股票的國營企業名單亦公告完畢，其作法是今年五月底前出生的全部國民，每人分配七千圓格里克相當的免費股票，而開始民營化，民眾可獲得自己有興趣的企業股票，不想持股者亦得為轉賣他人，因此股票市場將於今秋在烏蘭巴托開張應市。

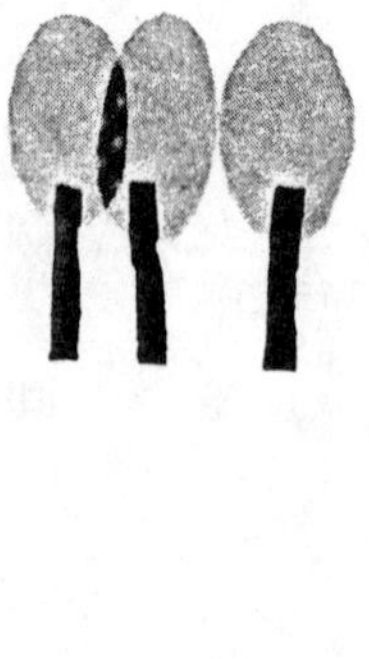

蘇聯修港開放門戶

蘇聯面臨日本海的貿易港蘇維埃港已決定全面修築，以利蘇聯開放對亞洲各國的經貿來往。日蘇貿易協會派遣的工學博士、專家，已前往蘇聯做實地勘查設計，其工程總額預計五億美元，將由日本著名工程公司，貸款銀行團等組合發包施工。

修改工程包括：港灣碼頭、增築二千公尺成為總長五千公尺碼頭，貨櫃、木材、石油製品、石油化學製品等起卸設備、防波堤、車站、貨車調度場及蘇維埃港與青年城間雙軌鐵路的舖設，以期大幅提高輸送能力。

蘇維埃港是面接日本海的蘇聯極東的主要貿易港，四十三年戰時開始建港灣，戰後與青年城之間舖設鐵路，因而與西伯利亞鐵路聯結，年貨運量達一〇五〇萬噸，在蘇聯經濟全面不振當中，可想蘇聯今後對亞洲、太平洋地域各國的貿易或經濟活動將加強是毫無疑問。

亞洲各國與歐洲地域貨運可利用貝穆爾鐵路（第二西伯利亞鐵路）直通蘇維埃港，全程比原先的西伯利亞橫斷鐵路縮短一五〇〇公里，大約減輕五天行程的運輸成本。

日本著名企業三井、三菱、伊藤忠、住友、日商、岩井、丸紅等現在極東地域各港口都市設置二～四處各分支機構，展開開發的激烈競爭。

四十五億元保護彈丸之地

離東京南方約一千七百公里的日本最南端島嶼「沖鳥島」的保全領土工程日昨完成，共耗去工程費二百八十五億日圓（折台幣約七十一億元），從此讓「沖鳥島」免遭水淹沒，而維護周邊廣達四十萬平方公里的經濟水域。

「沖鳥島」是被珊瑚礁群圍著的直徑數公尺的兩塊露巖組成，滿潮時幸虧還能露出海洋水平面上，如果此塊露巖長久被海浪侵蝕而遭水淹沒的話，日本將損失最南端的彈丸之地及廣大經濟水域，因此建設省（即經濟部）自前年起採取緊急保全措施工程。

施工方法是露巖周圍放置九千九百塊鐵製波浪阻攔塊，堆積直徑五十公尺成圓型，再灌特殊水泥凝固，在怒海為保護此塊露巖，將混凝土砌做三層段階，中央部份比露巖高出數十公分，如非從上面看露巖，就被混凝土遮著。

建設省及海上保安廳等為配合工程，同時亦設置海潮計、波高計等氣象觀測裝置，在島上尚備有觀測颱風銀座的設施等。

二十八座國寶觀音大搬家

日本的古老皇都——京都三十三間堂是著名的史蹟，終年吸引成千上萬參拜者或觀光客。

從前排在正殿後面走廊的國寶「觀音二十八部衆像」，經過九十歲月，最近重新做了一次大搬家，移至正殿重要文化財的千體千手觀音像前面。

觀音二十八部衆像，在明治時代以前是，為守護千體千手觀音像，而安置在觀音像前，後因考慮到正面有欄杆遮擋參拜者視線，而明治後期，除四天王像之外，其餘二十四體全部移至後面走廊。

但是，年久月深衆多參拜者通行，引起神像振動，合木粘接的部份發生裂痕，為防止繼續損壞，而決定一九九二年五月值逢長慶二年（西歷一一六四年），創建三十三間堂的後白河法皇八百年忌辰典禮前，做好神像大搬家，好讓觀音二十八部衆像恢復早期原來位置。

南韓為世界博覽會熱身

韓國中部的大田市，將於一九九三年八月起為期三個月，舉辦韓國大田世界博覽會，在韓國來說是一九八八年漢城奧運以來的超級國際性活動。

擔任博覽會籌備委員會主任委員的前郵電部長吳明表示：已經有三十五國有書面表示參加，另有二十餘國先以口頭聯絡參展，預計最終將有六十至七十國會報名參加。

博覽會以環境問題或廢物再生利用問題做重點，除先進國家技術外，開發中國家的傳統介紹亦盡力要做。目前準備工作依照計畫順暢進行中，並接受世界上所有國家的申請參展，早在南北韓首相會談時，亦有世界博覽會的話題被商談而歡迎北韓參加。

財務方面直接經費預計七千億至八千億韓幣，連同相關道路開發等工程，將超過一兆韓幣，大部份靠韓國政府及大田市補助，而絕無財務上憂慮。

三個月會期觀衆預計一千萬人，其中外國觀光客估計三十至五十萬人，日本人約佔半數，適逢暑假期並有大田市百濟古蹟及文化的關聯，吸引國內外觀光客熱絡將可預卜。

泰國監外勞役打掃臭水溝

泰國首都曼谷的市區地海拔較低，而且排水系統亦不夠理想，每逢雨期來臨前，大街小巷的下水道都必需做一次大清掃。

這一段期間穿著劃一的T汗衫與各式各樣的短褲，腳與手卻泡在水溝汚泥中，弄得全身髒兮兮的一群是近郊監獄的模範囚犯。

坐監刑期將屆滿的囚犯，依其志願選出監外就勞，他們要把水溝裡髒臭無比的汚泥或空瓶、空罐、塑膠袋等雜物撈上地面運走，工作辛勞並對健康上亦有危險憂慮。這樣的監外勞役的工作，每人一天領到三十銖（泰國貨幣單位，與臺幣値很接近）的特別津貼。

雖然如此辛勞的服勤，仍有衆多囚犯志願參加，主要是可吸吸外面空氣，再者可以在作業地點約見懷念的家人，休息時間在水溝旁，路樹綠蔭下舖草席，母子相敍，邊吃點心，邊勉訓應好好做人的感慨場面亦可以看到。

藝術大師米羅百年祭

西班牙藉「超現實主義」藝術大師米羅（Miro Joan 一八九三～一九八三），畫家也是雕刻家，其作品簡潔單純、幽默自然，富於想像，有如夢境。

米羅出生於巴塞隆納，其獨生女多羅列斯說：「父親在幼時七、八歲畫在包裝紙上，僅存一幅有太陽與人物或人偶的小品，已經有了後來的米羅格調。」

米羅曾在商學院就讀，後轉入巴塞隆納美術學校接觸到各現代流派。其藝術從年輕時的創造，到晚期富於幽默感的名作，發展變化不是很顯著。

米羅是屬大器晚成型，長期在「不遇時代」默默踏步，而在西班牙國內被評價時，已逾七十五歲的老邁。

他的作品呈現謎般的圖像世界，把無意識和非邏輯心靈的創作力都釋放出來，以探測不可見領域和視感世界的奧祕，而成為本世紀「超現實主義」的代表性畫家。

欣賞米羅作品會帶來快樂，好似夢境、有幽默並洋溢著豐富色彩，如此有特性作品，未知有何種方法創造出來？他在工作坊時不許人們進去觀看，其獨生女還小時闖入，而被臭罵一頓後趕走，因此無人知道米羅在創作時中的樣子。

米羅的起發點在蒙羅契，過療養生活，畫周邊田野風景「有驢的菜園」，細密畫與後來的畫風有所不同。

一九二四年在巴黎的繪畫生活極為潦倒，因畫風不被認同，收入有限，每週正規的用餐，祇有一次程度，其餘均在糊口的困苦境地。有次夜晚，過分空腹，而產生幻想，繪出「丑角的狂歡節」，所謂確立米羅流派的代表作。

在他來說，巴黎時代是失意時代，其友人介紹畫商給米羅，看了「丑角的狂歡節」一幅之後，畫商埋怨其友人說：「他腦筋大概有問題……。」

但是畫家同行之間，卻有少數認同米羅的才華，同鄉的先輩，在巴黎已經成名的，比他大十二歲的畢加索是其中之一。

畢加索是作品滯銷畫家米羅的最佳商談對手，看了米羅的畫說：「你跟我是同一領域的畫家」，而鼓勵要他，「像等地下鐵，耐心等下去，終會輪到你」。

一九四〇年在美國，米羅的作品獲得高評價，畢加索所說，終於輪到米羅佳作出場。但是新聞管制，其佳音卻無很快告知西班牙，其後仍慢慢被歐洲藝術界評價欣賞。

一九六八年米羅七十五歲生日時，他友人為他在巴塞隆納舉開個展，一九七五年佛朗哥死亡而獨裁統治結束，巴塞隆納成為自由的城市裡，發生變化，米羅作品吸引衆多人士興趣，而漸被收藏家高價搜購。

米羅晚年作品被定期安排在法國和美國展出，第二次世界大戰後，他成為世界聞名的大藝術家，其雕刻、素描、油畫和書籍插圖，在許多國家巡迴展出。

米羅成名之後，仍不斷進行藝術探索和創作。一九五八年為設在巴黎的聯合國教科文組織大廈設計陶瓷嵌壁畫，獲國際大獎。一九六二年巴黎國家現代藝術博物館，為其舉辦專展。

米羅在馬略卡島的畫坊，盡興開了「童心之花」，是僅僅不足十年。他最幸福的時期與顯著體力衰弱時期重疊。米羅到最後腦筋仍跟青年人一樣很清楚，因此甚為了解，自己的正確體力狀態。

靠近九十歲的米羅，面見孫輩時都有悲哀表情，子孫問其原因，答以：「快跟你們離別了」。

一九八三年耶誕節日，一代藝術大師米羅，終於安息，而留下不受時空影響的幻境內容的許多名作，供世人欣賞讚美。

大展出版社有限公司	圖書目錄
地址：台北市北投區11204 致遠一路二段12巷1號 郵撥： 0166955～1	電話：(02) 8236031 8236033 傳真：(02) 8272069

・法律專欄連載・電腦編號58

台大法學院 法律學系／策劃 法律服務社／編著

①別讓您的權利睡著了[1]	180元
②別讓您的權利睡著了[2]	180元

・婦 幼 天 地・電腦編號16

①八萬人減肥成果	黃靜香譯	150元
②三分鐘減肥體操	楊鴻儒譯	130元
③窈窕淑女美髮秘訣	柯素娥譯	130元
④使妳更迷人	成　玉譯	130元
⑤女性的更年期	官舒妍編譯	130元
⑥胎內育兒法	李玉瓊編譯	120元
⑦愛與學習	蕭京凌編譯	120元
⑧初次懷孕與生產	婦幼天地編譯組	180元
⑨初次育兒12個月	婦幼天地編譯組	180元
⑩斷乳食與幼兒食	婦幼天地編譯組	180元
⑪培養幼兒能力與性向	婦幼天地編譯組	180元
⑫培養幼兒創造力的玩具與遊戲	婦幼天地編譯組	180元
⑬幼兒的症狀與疾病	婦幼天地編譯組	180元
⑭腿部苗條健美法	婦幼天地編譯組	150元
⑮女性腰痛別忽視	婦幼天地編譯組	130元
⑯舒展身心體操術	李玉瓊編譯	130元
⑰三分鐘臉部體操	趙薇妮著	120元
⑱生動的笑容表情術	趙薇妮著	120元
⑲心曠神怡減肥法	川津祐介著	130元
⑳內衣使妳更美麗	陳玄茹譯	130元

・青 春 天 地・電腦編號17

①A血型與星座	柯素娥編譯	120元

國立中央圖書館出版品預行編目資料

世界生活趣譚／林其英著　--初版　--臺北市
：大展，民82
391面；　　公分　--（家庭／生活；83）
ISBN 957-557-391-9（平裝）

856.9　　　　　　　　　82006275

ISBN 957-557-391-9

世界生活趣譚

著　　者／林　其　英
發 行 人／蔡　森　明
出 版 者／大展出版社有限公司
社　　址／台北市北投區（石牌）
　　　　　致遠一路二段12巷1號
電　　話／（02）8236031・8236033
傳　　眞／（02）8272069
郵政劃撥／0166955－1
登 記 證／局版臺業字第2171號

法律顧問／劉　鈞　男　律師
承 印 者／高星企業有限公司
電　　話／（02）3012514
排 版 者／千賓電腦打字有限公司
電　　話／（02）8836052
初　　版／1993年（民82年） 9月

定　　價／160元

大展好書　好書大展

大展好書 好書大展